Pierre Klossowski um 1945

PIERRE KLOSSOWSKI

Die aufgehobene Berufung

ROMAN

Aus dem Französischen
übersetzt von Peter Süß mit
einem Nachwort von
Andreas Pfersmann

Für Pauline herr
mit den besten Wünsch-
von Übersetzer dieses Buches.
11. Februar 2022
Peter Süß

MATTHES & SEITZ

Einmalige limitierte Auflage von 1000 numerierten Exemplaren

189

Herstellung und Umschlaggestaltung:
Bettina Best, München.
Satz: Wirth, München.
Druck und Bindung: Huber, Dießen.
ISBN 3-88221-271-3

Für BRICE PARAIN

Wir haben nicht mit Fleisch und Blut zu kämpfen, sondern mit den bösen Geistern droben im Himmel.

(Eph. 6, 12)

Unter dem Titel: *Die aufgehobene Berufung* erschien in Bethaven 194.. anonym in einer Auflage von etwa hundert Exemplaren, von denen ich ein einziges in Lausanne auftreiben konnte, eine Erzählung, die sich auf den ersten Blick in die Tradition katholischer oder protestantischer »Entwicklungsromane« einreiht. Wenngleich in der dritten Person geschrieben, könnte es sich dabei um eine romanhafte Autobiographie handeln, in der der Verfasser seine religiösen Erfahrungen offenlegt. Wir werden jedoch später sehen, daß man auch von einer Doppelbiographie sprechen kann. Es ist streng genommen nicht die Geschichte einer Bekehrung; es geht vielmehr um eine Berufung und ihre Infragestellung durch die Vorsehung. Jedoch gibt es hier, wie eigentlich überall in diesem Bereich, einen ständigen Kampf zwischen dem Autor und der Vorsehung. Die Kunst scheint darin zu bestehen, der Vorsehung gleichsam auf Schritt und Tritt zu folgen, denn wenn die Wege Gottes unergründlich sind, so müssen sie es auf alle Fälle für den Leser bleiben. Nur sehr selten gelingt es einem Autor, gleichzeitig zu überraschen und zu überzeugen, wenn er sich wirklich als Romancier betätigen will. Zugegeben, das ist ein streng literarischer Gesichtspunkt. Man darf nicht vergessen, daß seit den Anfängen des religiösen Romans in Frankreich – die didaktische Dichtung des Mittelalters ausgenommen – die bedeutenden Autoren von Barbey d'Aurevilly bis Léon Bloy und Georges Bernanos zugleich Apologeten und Romanciers gewesen sind. Waren sie nun um so größere Apologeten als sie Meister der Romankunst waren? Das steht auf einem anderen Blatt. Es gibt die Gattung des Thesenromans. Aber gibt es einen religiösen Thesenroman, in dem sich die Glaubenserfahrung als These beweisen lassen kann? Bedarf es da nicht viel mehr als der Beherrschung eines Handwerks? Ist die Authentizität der Erfahrung nicht das direkteste Mittel, um den Leser zu bekehren? Bei Bloy zum Beispiel spürt der Leser seiner Romane und Tagebücher alle Vibrationen, die das Alltagsleben des Autors charakterisieren; es sind diese ständigen Wechsel von Zorn und Wutanfällen mit Zuständen innerer Erleuchtung, die den Leser fesseln, anziehen und abstoßen. (Im übrigen ist nichts mitteilsamer und im positiven Sinn irritierender als das Pathos der Wut und die Schmähungen, die sie bewirken. Die Wut, sei sie nun prophetisch oder blasphemisch, ist und bleibt ein Mittel, die Aufmerksamkeit des Lesers einzuschüchtern, den die Beschimpfungen in einen Zustand der Behaglichkeit versetzen. Die Wut hat ihren Ursprung offensichtlich in der Religion. Die Prediger, die davon Gebrauch machten, griffen damit, beeinflußt von der prophetischen Unterweisung der Bibel, eine rhetorische Tradition auf. Seit den Rednern der Revolution wurde aus der vorher nur mündlichen Verwendung eine literarische Gattung. Die Raserei kam ergänzend hinzu; so konnte eine ganze Gruppe von Menschen ihren Mißmut – wie andere ihren Humor – zum Ausdruck bringen, und zwar gleichgültig, ob dieser Verdruß, dieses Unbehagen oder diese Wut durch spießbürgerliche Torheit (Baudelaire und Flaubert), durch Utilitarismus und Moralismus der kapitalistischen Gesellschaft (Breton, die Surrealisten), durch atheistischen Positivismus (Barbey, Villiers) oder durch die »Verteidiger des Glaubens« (Bernanos) hervorgerufen wurde.)

Für wen schreibt also der gläubige Romanautor? Für die Atheisten ebenso wie für die Glaubensgetreuen? Er schreibt vor allem für einen Leser, der, wenn er Atheist ist, mit dem Aufschlagen des Buches bereit ist, an alles zu glauben, was den Figuren widerfährt, sogar an das Wunder und die Notwendigkeit des Martyriums, denn für einen kurzen Augenblick erkennt er das Universum der Fiktion an. Indem er sich Zeit nimmt, den Roman zu lesen, akzeptiert er zumindest als Spielregel die Glaubenswirklichkeit als realen Hintergrund der Fiktion, in die er eintauchen will. Das hat keinerlei Auswirkungen, außer auf sein Urteil über das Buch und die Existenz – und zwar vor allem über seine eigene. Diese Wirkungslosigkeit hätte er ebensogut durch die Lektüre eines – man sehe mir diese Gegenüberstellung nach – pornographischen Werks erzielt. Selbstverständlich wirkt jedes intensive Lesen, sei es nun religiös oder frevlerisch motiviert, in irgendeiner Weise auf die Unbefangenheit des Rezipienten ein. Man liest nicht ungestraft; auch wenn man sich nur auf eine fiktive Wirklichkeit einläßt, so ist die Reaktion auf das Fiktive dennoch ein wirkliches Gefühl. Handelt es sich auf der anderen Seite beim Leser um einen gläubigen Menschen, so wird jedenfalls seine Ungläubigkeit vorausgesetzt, und er nimmt von vornherein eine »ungläubige Geisteshaltung« ein, denn er weiß, daß – wenn der Autor mit ihm unter einer Decke steckt – beide mißtrauisch den »Ungläubigen« mustern werden. Dieser verstohlene Blick richtet sich auf einen Dritten, den ewigen Atheisten, den ewig Unbekehrten, der sich immer zwischen dem Autor und seinem Leser befindet. Seine grundsätzliche Weigerung, dem Kreis beizutreten, verstärkt seine Präsenz im Laufe der Zeit gegen seinen Willen, denn er bestreitet die ihm zugedachte Rolle. Es ist wohl diese Präsenz des Unglaubens an sich, die die Wirkung eines Werks steigert, das vom Glauben handelt. Wenn der Autor sein Handwerk beherrscht, wird er diesem Eindringling zuvorkommen können, ihn nach und nach zurückdrängen und schließlich bis ins Innere seines eigenen Lesers treiben, in dem der aufdringliche Atheist bereits latent vorhanden war. Insgesamt verhält es sich ähnlich mit dem Roman als atheistischer Streitschrift, der weniger versuchen würde, die Gehaltlosigkeit des Dogmas zu beweisen, denn das halten seine Autoren für erledigt. Es geht ihm vielmehr darum, das menschliche Unvermögen zu zeigen, das Dogma auf die Existenz anzuwenden. Dafür gibt es zwei Möglichkeiten: Das erste, klassische Mittel besteht im Aufzeigen der Religionsvorschriften als Mystifikation, deren Darstellung darauf abzielt, die Ehrlichkeit des Lesers zu revoltieren, nachdem die priesterlichen Kniffe aufgedeckt und ihre Folgen zum Schlechten gewendet worden sind, wenn beispielsweise der Schwindel der Überlieferung auf Kosten eines Menschenlebens gegangen ist. Das zweite, neuere und für die christliche Literatur offenbar gefährlichere Mittel besteht darin, daß die atheistischen Romanautoren Personen darstellen, die zwar keinen Glauben haben, aber dennoch heilige und barmherzige Handlungen vollbringen sowie das Martyrium auf sich nehmen, um zu zeigen, daß sie gerade deshalb so handeln, weil sie ihrer Meinung nach eben durch *nichts* dazu gezwungen sind. In dieser Veröffentlichung spielt der Gläubige genau die Rolle jener unsichtbaren Präsenz des Unglaubens, auf die ich vorher hingewiesen habe; er dient nicht als Folie für andere, wie es im religiösen Roman mit den Ungläubigen der Fall ist. Es ist aber seltsam, daß die religiöse Literatur nicht gelassen bleibt; wäre sie sich der Bedeutung ihrer Rolle bewußter, würde sie verstehen, daß sie der Gewinner sein kann, denn mit dieser Art von Beweisführung will die atheistische Literatur eine Moral ohne Gott gegen den Amoralismus des Glaubens festlegen. Sie läuft also Gefahr, sich selbst in Frage zu stellen, denn die Kunst kann nicht lange einzig und allein durch die Moral leben, ohne in den gewöhnlichsten Pragmatismus abzugleiten. Wenn obendrein die Moral nur noch eine Spielregel der Existenz ist, so ist sie folglich erneut nicht gerechtfertigter als die Kunst. Wo beginnt dann die wirkliche Existenz? Und was wird aus dem Immoralitätsvorwurf gegen den Glauben und seine Traktate? (Entweder hat man sich die Zerstörung der Kunst zugunsten des Endheils für die Menschheit geschworen, oder man will an dieser unnachgiebigen Ausdrucksform des Menschen festhalten und sie von jeglicher Beweisführung abtrennen; denn der Künstler – wenn er Künstler aus innerer Notwendigkeit heraus ist – beweist und bezeugt immer eine Wirklichkeit, die über jeder Ästhetik und Moral steht. Er kann nicht kein Zeugnis ablegen von einem Leben über dem Leben. Man weiß nur zu gut, daß jede Form von ideologischer Literatur ausschließlich zum Handeln verleiten und dadurch die unmittelbare Lebenserfahrung vergrößern will. Im Gegensatz zu einer Literatur, die zu Recht so genannt wird, erhebt diese Form nicht den Anspruch, eine neue Erfahrungsordnung geistigen Wesens aufzustellen, die zunächst dem Autor und dann im Laufe der Zeit dem Leser angehört. Eliot betonte nachdrücklich den fortschreitenden Verlust dieses Gefühls beim Leser, der weit davon entfernt ist, dem Autor bei dessen Erkundungen zu folgen, sondern der lediglich die blanke Erfahrung nachvollziehen möchte, die Kongruenz von Geschriebenem und Selbstempfundenem, und der folglich unfähig bleibt, in die verborgene Wahrheit und das Gelobte Land vorzudringen, welche sich im Kern jeder echten Schöpfung verbergen.) Jedoch kann die gesamte atheistische Literatur, sei sie nun moralisierend oder demoralisierend, dem christlichen Romanautor nur zugute kommen: Freilich wird er gerne gegen die guten Sitten verstoßen, denn er glaubt weder an den Heldenmut des Seiltänzers über dem Abgrund – Todesmut des Gehenkten –, geschweige denn an die Heiligung der Existenz durch den Tanz, welcher eine solche Moral wäre. Allerdings wird er von den »Kampftechniken« seiner Gegner lernen können. Die moralisierende atheistische Literatur kann ihn vor den Mitteln einer Schutzpropaganda warnen, deren Feld er ihr gerne überläßt. Dagegen wird die demoralisierende Literatur »Wasser auf seine Mühle sein«. Sie kann ihm die Mittel für eine wirkungsvolle Darstellung liefern. Fand der Mißbrauch des ebenso lächerlichen wie nutzlosen Übernatürlichen heutzutage nicht seinen Ersatz im Mißbrauch der Unflätigkeit und Verworfenheit einer Literatur, die nicht ausschließlich existentialistisch ist? Wenn der schreibende Christ einzig und allein darauf bedacht ist, die »Spuren der Erbsünde zu verwischen« und sich dadurch der Heiligkeit anzunähern, die sich jedoch nur aus einem einzigen Beispiel ableitet, so vergißt er dennoch nicht, daß derjenige, welcher auf das Schreiben verzichtet, dem Heiligen genau entgegengesetzt lebt, wenn er auch ständig daran denkt – denn anstatt zu handeln kann er sich eines Urteils nicht enthalten. Da er kein Hagiograph imaginärer Heiliger sein könnte und nichts vermessener ist, von Gnade zu sprechen, wenn man sie nicht hat, wird seine Aufgabe darin bestehen zu zeigen, was es heißt, wenn man sagt, daß die Gnade verweigert wurde. So arglistig es notwendigerweise ist zu sagen, daß die Sünde ein Übermaß an Gnade bewirkt, so ist es ebenso gar zu »billig«, das Übermaß der Gnade im Überfluß der Sünde zu beschreiben. Ein Sartre oder ein Camus betrachtet es als seine Pflicht, Seelsorger zu sein; beide stellen eine Liste mit Geboten auf, die es weitaus mehr verdienen, übernommen zu werden, als es statthaft ist sie abzulehnen. Der christliche Romanautor dagegen wird nie ein Seelsorger sein; er ist das genaue Gegenteil von einem Priester. All das, was der an die Schweigepflicht gebundene Priester im Beichtstuhl erfährt, plaudert der Romancier aus. Es ist die Aufgabe des Beichtvaters, Gottes unergründliche Wege zu erforschen und zu durchschauen; am Romanautor liegt es, sich davor zu hüten, seine eigenen Inszenierungen dafür auszugeben. Ich würde sagen, er spielt die Rolle des Lügenpropheten von Bethel, der den Gottesmann Juda versucht und durch seine Lüge genauso den göttlichen Willen am wahrhaft Auserwählten Gottes vollstreckt. Wenn der christliche Romanautor bescheiden sagt: Ich bin ein unnützer Arbeiter, so ist auch das Heuchelei, denn dann würde er sich nicht die ganze Zeit seinen Büchern widmen und zöge sich auf dem schnellsten Weg in eine klösterliche Abgeschiedenheit zurück. Wenn er aber zugibt, ein Lügenprophet zu sein, daß alles, was er über das Himmelreich sagt, eine Fälschung ist, die sich unaufhörlich an die heftigsten Begierden seiner Leser wenden muß, um sie für den Hang zum Heiligen zu öffnen – denn das ist nicht die Aufgabe des Autors, der sie durch seine eigene fesselnde Vorstellungskraft unterhalten kann –, so hat er zumindest das Verdienst, sich seiner schriftlichen Ausdrucksmittel bewußt zu bleiben, denn seine Arbeit besteht eher darin, Gottes unergründlichen Wegen entgegenzuwirken, als sie sich auszudenken.

*

Kommen wir auf *Die aufgehobene Berufung* zurück. Ich frage mich, ob sich der Autor die Mühe gemacht hat, über diese Probleme nachzudenken. Vielleicht projiziere ich diese Fragen auf ihn, vielleicht hat er sie aber auch im Laufe seiner Erzählung angeschnitten, da er diesen Exkurs angeregt hat. Auf jeden Fall hat er die Fragen nicht beantwortet. Wahrscheinlich war auch er auf der Suche nach einer neuen Technik; er beließ es jedoch beim zögernden Abtasten. Man muß aber zumindest anerkennen, daß seine Idee interessant sein könnte, nämlich die Behandlung eines Themas aus dem Bereich des Überirdischen, indem er vollständig alles ausschaltet, was an das Überirdische hätte denken lassen können. Ein Ungläubiger könnte es nicht besser machen, wenn er auf eine heutzutage übliche verunglimpfende Art und Weise diese Personengruppe beschreiben wollte, die nichtsdestoweniger ausnahmslos dem Bereich des kirchlichen Lebens angehört. War das Absicht oder hat er lediglich sein Thema verfehlt? Diese Frage läßt sich nicht klar beantworten; man kann aber seine Eigenartigkeit feststellen, die bei diesem Text zu spüren ist, welcher ansonsten nicht mehr wäre als ein Stück »Dokumentarliteratur«. Nehmen wir an, daß der Autor diesen Eindruck absichtlich hervorrufen wollte. Seine Figuren sind eher psychologische Skizzen als eigenständige Schöpfungen. Dabei taucht die Frage auf, ob ihr etwas statisch wirkender Charakter nicht ganz einfach nur einer direkten Übertragung aus der erlebten Wirklichkeit entstammt. Das hätte er als Meister seines Fachs vermieden, wenngleich er freilich ein guter Beobachter ist; aber hier war der Beobachter zu unmittelbar an seinen Vorbildern interessiert, anstatt sie in Ruhe zu verarbeiten, umzusetzen und ihnen mit Hilfe der Vorstellungskraft einer wahren Begabung ein eigenständiges Leben zu geben. Insofern glaube ich, daß der Verlauf der Handlung in direktem Kontakt mit Personen erlebt wurde, die für die innere Entwicklung des Helden so entscheidend sind. Vielleicht ist es dem Autor nicht gelungen, die Personen ausreichend zu »objektivieren«, indem er – um recht zu behalten – die einzelnen Teile des Handlungsknotens, der in dieser Erzählung gelöst werden sollte, veränderte. Möchte der Autor etwa den Nachteil eigener Unzulänglichkeiten bemänteln – aber all das sind nur Vermutungen und könnte sich ebensogut zu seinem Vorteil wenden –, wenn er seine Handlung in eine Abfolge äußerer Umstände verlegt, die wiederum Teil eines eigenartigen Handlungsbildes sind? Kommen wir zur Sache: Diese Geschichte eines Priesterschülers, der das Seminar verlassen wird, spielt sich vor dem Hintergrund tiefgreifender gesellschaftlicher Veränderungen ab. Man erkennt darin wahrscheinlich die finsteren Zeiten, die wir gerade hinter uns gebracht haben. Sie werden hier zu Recht als Epoche eines ideologischen Krieges beschrieben, aber man weiß nicht genau, ob es sich um die Konfrontation zwischen dem Dritten Reich und den demokratischen Ländern handelt, oder im Gegenteil um eine ganz andere, die auf einem rein geistlichen Gebiet ausgebrochen wäre. Bald geht es um die Unterdrückung, unter der Staat und Kirche zu leiden haben, um die »Schwarze Partei« mit ihren Trupps, ihrer Polizei, ihren Henkern, und man glaubt zu verstehen, daß es sich nur um die nationalsozialistische Besatzung handeln kann. Bald geht es dagegen um einen Kirchenorden, der als einziger die Inquisition praktiziert. Das erstaunt bei diesem Buch um so mehr, als es in seinen unmißverständlichsten Abschnitten ausschließlich Gehorsam predigt; man hat den Eindruck, daß der Autor den alten antiklerikalen Sprachgebrauch übernimmt, um ganz einfach von der »Priesterpartei« zu sprechen. Die Inquisition ist jedoch nicht nur auf das geistliche Gebiet beschränkt. Glaubt man den Gesprächen, die im Flüsterton in den Klostergängen geführt werden, so verfügt sie über eine Art Unterorden, der Zwangsmittel (also Gewalt) einsetzen kann, um *Sanatorien*, die nichts anderes sind als Gefängnisse – wobei der Arztbesuch mit der Inhaftierung des *Patienten* endet. Parallel dazu alarmieren kirchliche Denunzianten in

Gestalt eifriger Novizen ihre Meister, denn sie haben das Vertrauen einiger ihrer Superioren, und verraten die beabsichtigten Neuerungen, von denen man ihnen erzählt hat. – Ferner kann man erkennen, daß der Autor weniger die unmittelbar zurückliegenden geschichtlichen Ereignisse rekonstruieren will, sondern eher die Beschreibung der anachronistischen, wenn nicht sogar unwahrscheinlichen Situation versucht, in der ein Kirchenorden (der hier nicht beim Namen genannt wird) innerhalb der Kirche geistigen Terror ausüben und bezüglich der Methoden mit einem anderen Orden rivalisieren würde. Es handelt sich nämlich – wie wir noch sehen werden – um die Bekämpfung bestimmter weltlicher Initiativen, die von einigen Kirchenorden unterstützt werden. Der Kampf wird von der hierarchietreuen Weltgeistlichkeit geführt – also ein Machtkampf –, und somit von einem Kirchenorden, dessen besondere Aufgabe darin bestanden hätte, eine Glaubensgemeinschaft bis in die entlegensten Schlupfwinkel zu verfolgen, die zu einer geheimen Kirche in der Kirche zu werden droht, vergleichbar mit der Freimaurerei inmitten der weltlichen Gesellschaft. Nach Meinung eines der Protagonisten hat diese »Sekte« unzählige Mitglieder und ist vor allem ungreifbar wie eine Schlange, die überall durchschlüpft. Ihre Enden fügen sich immer wieder von selbst zusammen, wenn es einmal gelungen war, sie in mehrere Einzelteile zu zerschneiden. Diese »Sekte« ist in seinen Augen erheblich gefährlicher als seine eigentlichen Verfolger, denn sie beruht offensichtlich auf keiner traditionellen oder dogmatischen Grundlage. Sie soll einer Frömmigkeit ergeben sein, die von den Inquisitoren in hohem Maße für verdächtig gehalten wird. Ihre Anhänger verbreiten die Lehre unter dem Namen *Notre-Dame du Mariage Blanc,* womit sie mehr oder weniger absichtlich eine undeutliche Abgrenzung von der herkömmlichen Marienverehrung nutzen, um die Sublimierung eines Zwiespalts der Gefühle anzudeuten, welche nur dazu geeignet sind, sowohl die Vergeistigung als auch die einzig zulässige Verehrung zu kompromittieren. Ich möchte aber zunächst auf den Aspekt der Verfolgung zu sprechen kommen, in die der Held im Verlauf eines Zustands innerer Bedrängtheit verwickelt ist, ohne daß es ihm gelingt, entschlossen daran teilzunehmen. Er glaubt, sie bekämpfen zu müssen; dennoch schließt er sich nicht voll und ganz der Gruppe der »Verehrer« an, welche im übrigen als Verfolgte in dem Moment zu seiner eigenen Verfolgerin wird, als diejenigen, die er für die »Schwarze Partei« hält, vom Steuerruder der Inquisition verdrängt sein werden. Das Thema der Verfolgung bringt erneut die finsteren Zeiten in Erinnerung. Beabsichtigte der Autor eine Übertragung des aktuellen Zeitgeschehens und des nationalsozialistischen Antisemitismus? Brachte ihn die Judenverfolgung auf die sonderbare Vorstellung von der Kirche, die er uns in seinem Buch gibt? Man kann sich dieses Eindrucks nicht erwehren, denn Jérôme, während seiner Wanderung im Rahmen einer »besetzten« Kirche, wie er es dem Sprachgebrauch sowohl der »Schwarzen Partei« als auch der »Verehrer« zufolge nennt (die Besatzung unter Hitler wäre hier nur ein bildhafter Vergleich), während seiner Wanderungen von einem Kloster zum anderen und von Seminar zu Seminar, auf der Suche nach Superioren, die imstande wären, »seine Sicht über die Aufgabe der Kirche in einer Zeit des Bürgerkriegs zu verstehen«, stößt auf »Demarkationslinien«, die von der »Schwarzen Partei« gezogen wurden, auf Grenzen, die von religiösen Stiftungen errichtet wurden, um mögliche Kuriere abzufangen. Diesen gelingt es jedoch, durch heimliches Infiltrieren die Grenzen zu überwinden und das Territorium der Gleichgesinnten zu erreichen. Gegen Ende der Handlung wird die Inquisitionspartei durch einen weitaus toleranteren Orden abgelöst, dessen Toleranz jedoch zum großen Bedauern des Helden den Sieg der »Verehrer« ermöglicht und zumindest äußerlich zu seiner »aufgehobenen Berufung« beiträgt. Man erkennt allerdings, daß der Sinn dieser komplizierten Inhaltsstruktur als Hintergrund zur Darstellung einer ziemlich düsteren Charakterstudie wahrscheinlich darin liegt, Konflikte zu verschleiern, die der Autor lieber nur zwischen den Zeilen andeuten wollte, als sie klar und deutlich zur Sprache zu bringen. Vermutlich projizierte er auf die innere Krise des Helden diesen Taumel eigener Gefühlsverwirrung zur Darstellung unruhiger Zeiten, deren aktiver Zeuge zu sein er sich berufen glaubte, mit der Absicht, das Böse »von den Mauern der belagerten Festung Kirche herab« zu bekämpfen. Jedoch »anstatt entschlossen am Kampf vor den Toren teilzunehmen oder in Ruhe den Zeitpunkt des Angriffs abzuwarten, wie es der Gehorsam verlangt hätte«, und indem er sich, unachtsam gegenüber dem wahren Kampf, verleiten läßt durch Gerüchte innerhalb der Gemeinschaft, die in sonderbarer Weise seiner stetigen Protesthaltung entsprechen, verstrickt er sich »in Zwistigkeiten, die gleichwohl den Kirchenstaat niemals entzweien, außer durch die Macht, die ihnen die friedlosen Menschenseelen verschaffen«. Die »Sekte«, um die es sich hier handelt, ist in Jérômes unglücklicher Vorstellung nichts anderes als die »große Bruderschaft der Sodomiten«. Es ist nicht auszuschließen, daß hier der Autor, wenn er dieses Beispiel stellvertretend für andere Gruppen Verfolgter nennt, auf den unbestreitbaren Zusammenhang zwischen Antisemiten und Homosexuellen anspielt. Es ist allgemein bekannt, daß man bei der weltlichen Suche nach einem Sündenbock den Fluch, der auf den Juden lastet, auszunutzen suchte; und wenn dies auch zum Anfang des Nationalsozialismus gehörte, so wollte man doch über die Juden hinaus mit demselben Schlag die Kirche treffen. Die Homosexualität, ein so wichtiges Grundelement des Nationalsozialismus, diente danach ihrerseits als Hauptpunkt der Verleumdungskampagne gegen alle Kirchenvertreter, die in Deutschland gegen das Hitlerregime Widerstand leisteten. Trotz dieser Gesichtspunkte darf man den Parallelismus zwischen Antisemitismus und Homosexualität nicht übersehen: beim Antisemiten das ambivalente Nebeneinander von Henker und Opfer, beim Homosexuellen das aktive und passive Element. Eine Vielzahl von Schriften könnte ferner belegen, daß homosexuell veranlagte Menschen von der Zartheit und der sogenannten Weichlichkeit des Juden zugleich angezogen und abgestoßen sind. Und schließlich kennt man den schrecklichen Fluch, der die Homosexualität durch die jüdisch-christliche Offenbarung, zuletzt und ein für allemal durch die Worte des Apostels Paulus, getroffen hat. Auf dieser Ebene wäre der homosexuelle Nazismus durch die Verfolgung der Juden und dann der Kirche, in der Absicht, sein tausendjähriges Reich auf der Basis rein männlicher Gefühle zu gründen, die Revanche, die die antike Idolatrie des Mannes durch den Mann in einem plötzlichen Aufflammen, das nicht das letzte gewesen sein dürfte, genommen hätte, indem er einmal mehr die matriarchalischen Werte, die die Kirche durch alle Schicksalsschläge der Jahrhunderte hindurch bewahrt hatte, mit Füßen tritt. Der Autor erwähnt an keiner Stelle weder den Nazismus noch die Juden, denn er geht davon aus – eine ausreichende Kenntnis der Zeitereignisse bei seinen Lesern voraussetzend –, daß die Anspielungen in seinem Roman dadurch an literarischem Interesse einbüßen würden. Dieses Interesse liegt darin zu zeigen, wie der Protagonist im Laufe seiner Konfrontation mit der Wirklichkeit reagiert. Ferner will er deutlich machen, daß in gleichem Maße, wie sich die Wirklichkeit im Helden widerspiegelt, eine Wende eintritt: Ein Schuldiger muß gefunden werden – und man wird eben denjenigen wählen, der die Verfolgung hätte einführen wollen, um ihn seinerseits als verfolgenswertes Objekt zu verstoßen. Die Erklärung für die Publikation seiner »Erzählung« in limitierter Auflage in Lausanne könnte vielleicht darin liegen, daß eventuell der Autor selbst zu den ersten »Verfolgern« gehörte und nun versucht, die Rollen umzukehren, nachdem er ein Schuldbekenntnis ablegen mußte. An dieser Stelle ist es ferner angebracht, den Bezug zwischen dem Autor und dem Helden der Erzählung hervorzuheben. Ich glaube nicht, daß der Held zwangsläufig das Spiegelbild des Autors ist. Gelegentlich wäre man versucht anzunehmen, daß der Autor ein Beobachter seines Helden gewesen sei (wie er es am Ende behauptet), daß er versucht hätte, ihn zu beeinflussen, daß der Held (gemeint ist der Seminarist), nach einer langen Auseinandersetzung anscheinend aufgeben wollend, ablehnend auf verschleierte Annäherungsversuche reagiert hätte. Daher ergibt sich zwischen dem vermutlichen Autor und den Zügen, mit deren Hilfe er seinen Protagonisten gestaltet, weniger der Bezug eines Autors zu seinem eigenen Spiegelbild, sondern vielmehr ein Bezug auf der Basis von *Ressentiments,* wie sie zwischen zwei Menschen auftreten, die aufgrund einer Übereinstimmung ihrer Wesenszüge irrigerweise glaubten, sich miteinander verbinden zu können, um den Eindruck gemeinsamen Handelns zu erwecken, die jedoch beide vielmehr den geheimen Wunsch hegen, sich gegenseitig zu unterjochen. Am Ende stiehlt sich der Held davon, was ihm der Autor mit ewigem Haß vergilt ...

Aber lassen wir dieses Thema. Man darf nicht vergessen, daß wir uns hier am Ausgangspunkt eines ganzen »Systems von Forderungen« befinden, das man durch das Gespräch Jérômes mit einem der Klosterbrüder zu Beginn seines Noviziats erahnen kann. Was Jérôme nur vage wahrgenommen hat, erfährt er durch den Pater in präzisen Worten. Jérôme fühlt sich allerdings persönlich angegriffen, da ihm der ins Selbstgespräch vertiefte Pater nie die Zeit läßt, sich auszusprechen, ihn für einen Gegenspieler zu halten scheint, ohne zu merken, daß er einen bereits Bekehrten zu überzeugen versucht. Jérôme hatte ihm von Nietzsches Leiden und dessen Bezug zur Christusvorstellung erzählt. Aber kaum hatte er den Namen des Einzelgängers von Sils-Maria erwähnt, entflammte der Pater in zorniger Wut. Seine ganze Abscheu faßt er in dem Satz zusammen: *Maßloser Virilismus ist die Niedertracht, die zermalmt werden muß.* Was er als *maßlosen Virilismus* bezeichnet, ist seiner Meinung nach der unmittelbar verantwortliche Faktor für unsere Welt der Schmieden und Fabriken, die im Einklang mit den »fluchwürdigen männlichen Werten entwurzelt, aus der Bahn wirft und entwürdigt. Wer die Macht will, sagt der Pater, will die Industrie, wer die Industrie will, will das Proletariat, wer das Proletariat wollte, wird die Entwurzelung, die Verwüstung der Felder, die Vernichtung der Heime, das Elend und die Revolte herbeiführen. Wer den Aufstand der Massen anstiftet, muß demnach die unvermeidlichen Repressionen wollen. Der Männlichkeitswahn ist über die Welt hereingebrochen und bedroht das geistliche Matriarchat der Kirche wie der Drache die Frau in der Apokalypse. Der Männlichkeitswahn begegnet in den Produktionsmechanismen und den dadurch bedingten gesellschaftlichen Konvulsionen seinem eigenen Circulus vitiosus: *Das Regime gesellschaftlicher Versklavung ist die jüngste Erfindung, die Folterkammer die Endabsicht sogenannter männlicher Werte. Das Verhältnis zwischen dem Verdächtigen und dem Denunzianten, zwischen Henker und Opfer verkörpert das eigentliche Geheimnis der Sodomie.«* Als Jérôme dies seinem Meister zu Ohren bringt, stellt jener in Abrede, daß der Pater mit diesen Worten geschlossen hätte. Jérôme beteuert seine Aufrichtigkeit und bestreitet, den Sinn dieser Sätze verändert zu haben. Darauf entgegnet ihm der Meister: *»Der letzte Satz ist von dir!«* Da es außer Frage steht, daß sich Jérôme erneut zu seinem ehrwürdigen Gesprächspartner begeben wird, um eine Bestätigung seiner Worte zu erhalten – denn ein Novize könnte nie auf diese Weise das Vertrauen mißbrauchen, das ihm ein Pater zubilligt –, schreibt er sich das hinter die Ohren und glaubt schließlich selbst, daß dieser Satz aus seinem Munde stammte. Und der Autor scheint die Meinung von Jérômes Meister zu teilen.

Jérôme wird später zugeben, daß er vom Sodomiten unmittelbar zum Ehebrecher wurde. Die dabei empfundene Leichtigkeit verlängerte lediglich seine ursprüngliche Passivität, so daß sein mangelnder Antrieb zum Leben die eigentliche Buße für seine Sünde war. Er wird sich erst in dem Moment davon freimachen, wo er sich als der Betrogene erkennt und sein Platz von einem anderen eingenommen wurde. Daraufhin wird er an sich ungewohnte Fähigkeiten zur Versöhnung entdecken, denn er ist es, der den Abtrünnigen wieder auf den rechten Weg führt, den Kontakt zum Liebespaar aufrechterhält, von dem zu lösen er sich aufgrund falscher Skrupel nicht entschließen konnte. Auf der anderen Seite aber läßt er den Mann, den er für seinen neuen Rivalen hält, nicht aus den Augen, aus dem einfachen Grund, weil es der Vergewaltiger seiner Mätresse gewesen sein soll. Dabei lockte ihn mehr als alles andere der Verrat an sich, denn die von ihm geschätzte Zwangsvorstellung von der Vergewaltigung der Frau findet ihre Ergänzung im Hang zum Verrat. Diese Versuchung, Böses zu tun, und sein mangelnder Wille zur Umsetzung in die Tat sowie die daraus resultierende stetige Neigung, einen Dritten einzuschalten, der – zu seinem Vergnügen – das Böse vollbringt, können ihm nur durch ein einziges Mittel entzogen werden: die Kraft des Corpus Christi, in dem alle Verderbtheit versinkt. Kaum hatte Jérôme zu den Sakramenten zurückgefunden, wurde sein Hang zur bösen Tat nicht nur durch ein Bedürfnis, sie mit jemandem zu teilen, sondern auch durch den Drang, sie seinem Nächsten zu schenken, unabweislich verdrängt. Der Autor will die Zusammengehörigkeit dieser beiden Bedürfnisse für seinen Protagonisten verdeutlichen. Indem er aber der Vorschrift zu gehorchen scheint, die er sich offenbar selbst auferlegt hat – nämlich das Aufzeigen einer Gegenwart des Überirdischen bei gleichzeitigem Fehlen sichtbarer überirdischer Erscheinungen –, setzt er sich der Gefahr aus, in den entgegengesetzten Irrtum zu verfallen und eine psychologische Kommentierung des geistlichen Lebens zu liefern. Kann man von dämonischen Mächten sprechen, ohne sie beim Namen zu nennen? Der Autor meint, daß sie eben namenlos sind. Wechselt man dadurch aber nicht vom Beichtstuhl in die psychiatrische Klinik? Und ist nicht eine der wichtigsten Etappen auf Jérômes Weg gerade der Besuch bei Abbé Persienne, dem »Gnadentod«-Priester, und beschreibt er uns diesen Besuch nicht als Irrtum des Seminaristen? Einer der Bestandteile seines Denkens und seiner inneren Krise liegt darin, daß der Protagonist einerseits die Dämonen zu bekämpfen und gemäß der Offenbarung voneinander zu unterscheiden versucht, während er sich andererseits bemüht, sie als die dunklen Mächte zu verstehen, gegen die die Irrenärzte ankämpfen. Für den Autor bestand fortwährend die Gefahr des Psychologisierens, anstatt zu erzählen und die Umtriebe des Bösen zu beschreiben – und dadurch zum Opfer seines eigenen Verfahrens zu werden, bevor er den Leser hinters Licht führt.

Im Verlauf der Handlung stößt Jérôme jedoch aufgrund seines Kampfes gegen die Erinnerung und der damit verbundenen Überlegungen – zu einer Zeit, als er noch Novize in einem der »Schwarzen Partei« zugehörigen Kloster ist – auf direkten feindlichen Widerstand in der Person des Doktors Angélique. Er glaubt, daß ihre Lehre, die auf einer strengen Trennung von *natürlicher Ordnung* und *Heilsordnung* beruht, den Zielen der Inquisitionspartei nur hinderlich sein könne. Wenngleich die Mönche dieses Klosters von der dringenden Notwendigkeit der Inquisition überzeugt sind, beherbergen sie dennoch die Verfolgten der Inquisitionspartei, weil sie aufgrund der Lehre von Doktor Anqélique die »schwarzen« Methoden mißbilligen. Jérôme will sich zwar nicht mit den *Verfolgten* einlassen, er kann aber auch nichts dagegen ausrichten, daß man ihn als *Verdächtigen* in Zusammenhang mit der Inquisition bringt. Somit glaubt Jérôme, die Methoden der »Schwarzen Partei« übertreffen zu müssen, da seiner Meinung nach nur sie eine wirkliche Kenntnis der dämonischen Mächte enthalten. Da er seinem Meister beweisen wollte, daß die natürliche Ordnung nur eine listige Lüge der Dämonen war, erschien er seinem Meister verdächtig, der in ihm Spuren von Jansenismus, ja sogar von Calvinismus witterte. Infolge eines Vorschlags von Verehrern verläßt er sein Noviziat, um ein Seminar zu finden, wo ihm die Superioren »verständnisvoller« erschienen. Warum sollte er nicht seine Fühler ausstrecken? Wenngleich Jérôme die Verehrer nur sehr vage kannte und bei weitem nicht um ihre Geheimnisse wußte, so hatte er doch unter ihren Anhängern enge Freunde. Von »Zone zu Zone« – wieder vermischen sich historische und geistesgeschichtliche Hintergründe – erhält er nur nach und nach kleine Hinweise, Mitteilungen und sogar versteckte Fingerzeige seitens La Montagnes, dem Initiator der Widerstandsgruppe, die sich gegen die »Schwarze Partei« organisiert. Jérôme erklärt sich bereit, geheime Berichte über diese Partei abzufassen. Kaum hatte er also das Kloster verlassen, in der Meinung, seine Freiheit wiedererlangt zu haben, und in der Absicht, einem Seminar beizutreten, läßt er sich erneut von den Vorschlägen eines Mönchs verleiten, der demselben Orden – obschon in einer anderen Provinz – angehört. Dieser schreibt Jérômes erstes Scheitern der Einfalt seines Meisters zu und bietet ihm an, für ein Jahr der Einkehr und des Studiums in das Kloster seiner Provinz zu kommen. Dort wird sich die merkwürdige Episode um das Fresko in der Apsis des Sanktuariums abspielen, an dessen Fertigstellung ein Maler seit langem vergeblich arbeitet. Die skizzenhaft vorgezeichneten Figuren, die sich zum Teil von anderen, die der Maler für unwichtig zu halten schien, durch eine vorangeschrittene Ausführung abheben, sind so zahlreich, daß Jérôme die dargestellte Szene nicht exakt entschlüsseln kann. Offensichtlich handelt es sich um die Heilige Jungfrau; ihre Gestalt beinhaltet allerdings zwei verschiedene Aspekte: Links sieht man die *Krönung der Heiligen Jungfrau durch die Engel*, während sich um ihre Füße eine Gruppe von Ärzten drängt, die einen diskutierend – Jérôme glaubt in ihnen die Leugner der Gültigkeit vom Dogma der Unbefleckten Empfängnis zu erkennen –, die anderen verzückt angesichts des offenbarten Mysteriums. In der Mitte Bernadettes Marienerscheinung, Bestätigung und Triumph des Dogmas. Der rechte Teil des Freskos macht gegenüber den beiden anderen Dritteln einen eher kahlen Eindruck, was auf ein Zögern des Künstlers schließen läßt: Der Platz ist kaum ausgenutzt durch die Skizze zweier Figuren, die eine in kniender Haltung, die Arme in Richtung der Erscheinung Bernadettes erhoben und gleichzeitig über die zweite Figur ausgestreckt, die in liegender Position dargestellt ist. Die zweite Figur ist um so auffälliger, da sich ihr Kopf auf weißem Untergrund als der am *deutlichsten ausgestaltete* Teil des Fresko's abhebt. Es ist das Gesicht einer jungen Frau mit halboffenem Mund, die mit ekstatisch verzücktem Blick die Erscheinung betrachtet. Jérôme bemerkt im Vergleich zu diesem Ausschnitt, der sehr realistisch gestaltet ist, daß die übrigen Teile eine Mischung zweier ziemlich unterschiedlicher Stile aufweisen. Insgesamt dominiert der Kontrast von grüner und roter Farbe. Jérôme kommt zu der Erkenntnis, daß der Maler nicht zu den Patres, sondern zu den Laienbrüdern gehört, welche – zumindest in diesem Kloster – als Umstürzler in Erscheinung treten. Da sie gemäß der Ordensregel nur für das Handwerkliche und die häuslichen Arbeiten zuständig sind, ging Jérôme sogar so weit, von einer Art Klassenkampf innerhalb der Klostergemeinschaft zu sprechen, um die Beklommenheit zu verstehen, die ihretwegen über dem Kloster lastet. Er war jedoch schon nach wenigen Tagen darüber informiert worden, daß unter ihnen Anhänger von *Notre-Dame du Mariage Blanc* sind. Die Herkunft dieser Laien liegt im Dunkeln. Die Inquisition hatte sie in die Einsamkeit verbannt, zur Umerziehung ihrer Seelen, wie Jérôme es bezeichnen wird. Indem sie aber eine ostentative Unterwürfigkeit und einen Drang nach härtesten, schmutzigsten Arbeiten an den Tag legten, wurden sie in die Laienbruderschaft aufgenommen, wo sie alsbald damit begannen, die Lehre der Verehrer zu verbreiten. Dies erfährt Jérôme aus dem Mund des greisen Malers, als dieser gesteht, daß ihm die Arbeit am Fresko unaufhörliche Scherereien einbringen würde. War es doch in der Tat unvorsichtig gewesen, unter den Ärzten, die sich zu Füßen der Heiligen Jungfrau drängten, mit den Heiligen Bernhard und Thomas diejenigen darzustellen, die das Dogma als frevlerisch gegen den Heiligen Geist angefochten haben. Auf Drängen eines Klosterbruders, der vor Jèrômes Ankunft gestorben war, hatte er nicht ohne Skrupel eingewilligt, die beiden Ärzte mit *verschleiertem* Antlitz zu malen. Da dieser Teil des Freskos durch die Wölbung der Apsis im Halbschatten lag, hatte er die Hoffnung gehegt, diese Figuren ohne Wissen der Gemeinschaft zwecks gestalterischer Vollständigkeit wenigstens skizzieren zu können. Seine Überarbeitungen konnten aber während der Vespermesse entdeckt werden. Wurde die Vespermesse als Hochamt gefeiert, so entzündete man auf dem Altar eine erheblich größere Anzahl von Kerzen, die das Sanktuarium stärker ausleuchteten. Die Patres, die ihren Platz im Chorbereich hatten, der diesem Teil der Apsis genau gegenüberlag, konnten leicht die beiden verschleierten Figuren sehen, aber auch annehmen, daß der Maler an ihrer Ausgestaltung arbeitete. Auf die Dauer würden sie ständig ihre Blicke darauf richten. Ob die Patres wohl etwas merkten, da einige von ihnen um den Einfluß des Krankenpaters auf den Bruder Maler wußten? Man störte ihn nicht bei der Arbeit, wenn von Zeit zu Zeit einer der Mönche zur Andacht das Chorgestühl betrat. Wie dem auch sei, ein dummer Zufall wollte es, daß ein Laienbruder eine starke Glühbirne in einer bis dahin unbenutzten Lampe anbrachte. Unvermutet nähert sich der Cellerarius, allerdings nicht in der Absicht, die Fortschritte am Fresko zu betrachten, sondern einzig und allein wegen der Lampe – und somit steht er genau vor dem Teil des Freskos, auf dem die Ärzte mit *verschleiertem Gesicht* dargestellt sind. Der alsbald benachrichtigte Prior verlangt vom Bruder eine

Erklärung. Der greise Maler weigert sich trotz starken Drängens durch den Prior, die Seele des verstorbenen Paters zu belasten, und bekennt seine mangelnde Einsicht. Auf Anordnung des Priors kratzt er die verschleierten Gesichter ab, stellt das wahre Aussehen der Ärzte wiederher und verändert ihre Züge so, wie es dem Gebaren von Männern entspricht, die mit sich selbst zu Rate gehen und diskutieren. Im übrigen, fügt der Bruder Maler hinzu, werde es nicht lange dauern und man werde sie vermutlich völlig neu malen müssen. Der Prior hatte ihn nämlich darauf hingewiesen, daß die Position der beiden zu den größten Theologen der Kirchengeschichte gehörenden Figuren, indem sie dem Triumph der Heiligen Jungfrau den Rücken zuwandten, äußerst unehrerbietig sei. Der Maler versuchte ihm vergeblich darzulegen, daß die beiden Ärzte hier nicht als »Augenzeugen« des *Dogmas* dargestellt werden sollten, das mit der Krönung offenbart und bestätigt wird. So fragt sich Jérôme, was der Maler im rechten, unvollständigen Teil seines Freskos wohl zeigen will. Der Bruder Maler deutet an – will er seine Absicht nicht aufdecken? –, daß er sich auf die Abbildung von Papst Pius IX., der das Dogma verkündet hat, beschränken wolle. Jérôme schlägt jedoch die in den Worten des Bruders enthaltene Warnung in den Wind und versucht nun, dem Maler das gestalterische Ungleichgewicht zu verdeutlichen, das die Realisierung des zuletzt genannten Vorhabens zur Folge hätte: Zu viele Figuren zur Linken der Heiligen Jungfrau und zu wenig Raumfülle zur Rechten, wenngleich sich der Maler bereiterklärt, *neben Pius IX. in kontemplativer Haltung die sterbende Karmeliterin abzubilden, die ihr Leben für den Triumph und die Verkündigung des*

Dogmas geopfert hatte. Jérôme betrachtet daraufhin die Arbeit des Malers aus der Nähe. Er sagt zum Bruder, daß ihn vor allen Dingen die zweifache Darstellung der Heiligen Jungfrau überrasche und störe, was – unabhängig von der Kirchenmeinung – bereits ein entscheidender Kompositionsmangel sei. Ferner weist er darauf hin, welch tief betrübten Eindruck die Skizze des Papstes (der an diesem Tag nicht kniend, sondern gebeugt sitzend abgebildet war) erwecke; die Tiara war nur vage angedeutet, über dem Haupt schwebte eine strahlenförmige Krone. Er sagt zu ihm: »Siehst du nicht, daß die beabsichtigte Figur, die du nun ein drittes Mal zeichnen mußt, die der *Weinenden* ist?« Während er sprach, betrachtete Jérôme diesmal aus unmittelbarer Nähe das vollendete Haupt der »Karmeliterin«. Weitaus zaghafter fügt er hinzu: »Sieh doch, wie harmonisch sich Melania und Maximin in die Komposition einfügen würden.« Aber der Maler blickt ihn nur bestürzt an und sagt mit erstickter Stimme: *»Du bist ein Provokateur!«* Mit diesen Worten verschwand er. Jérôme ist sich noch nicht klar, welch groben Fehler er begangen hat. Erst später wird er merken, wie heikel und beängstigend sein Vorschlag für den Maler gewesen sein konnte. Seine erste Reaktion war, sich eilends zu dem Mönch zu begeben, durch den er ins Kloster gekommen war. Dieser war jedoch zu Jérômes großer Überraschung »auf Reisen«, wie er durch einen Zettel an der Tür des Mönchs erfuhr. Und während er ratlos vor der verschlossenen Zellentür steht, taucht plötzlich am hinteren Ende des Ganges mit wirrem Getöse aus Geklirr, Litaneien und Drohrufen eine Schar Laienbrüder auf, die Spaten, Sensen, Ketten und Weihrauchfässer schwenken, während ein Teeil von ihnen klagt und betet, ein anderer Teil dagegen wilde Flüche ausstößt. Ihre große Anzahl erschreckt Jérôme. Sie gehörten unmöglich alle derselben Gemeinschaft an. Sie stoßen den Cellerarius vor sich her, der im Rückwärtsgehen vergeblich versucht, sie aufzuhalten. Jérôme hat sich in der Türöffnung verborgen, wo er einige Wortfetzen aufschnappt: »Provokateur« – »Jesus Maria« – »Judensohn« – »Heilige Maria, bewahre uns vor deinen Feinden« – »... domit« – Herr, befreie uns von der Pestilenz« – »Antichrist, du Ausgeburt einer Nonne« – »Hierher, hierher«, schreit der Cellerarius. Während er die Menge abdrängt, die langsam auf das kaum einsehbare äußere Ende des Ganges zuströmt, bemerkt Jérôme den Prior, der die Menge vermutlich durch mysteriöse Bewegungen mit seinem Skapulier zurückgetrieben hatte und nun mit bestürztem Gesichtsausdruck auf ihn zutritt: »Mein armes Kind, dir ist nicht klar, was du da angestellt hast! Die Laienbrüder halten dich für einen Spion der ›Schwarzen Partei‹. Du weißt, was das bedeutet; wir können dich nicht mehr hierbehalten. Morgen, ja vielleicht schon heute abend können *›sie‹* hier sein, und dann kann ich für nichts mehr garantieren, dann werde ich mich beugen müssen.« »*Sie*«, das waren natürlich die Inquisitoren. Wenn Jérôme der »Schwarzen Partei« angehört, so kann er nicht im Kloster bleiben, ohne Gefahr zu laufen, sich weniger irgendwelchen Neckereien – denn das, was sich gerade vor Jérômes Augen und Ohren abgespielt hat, sei nach Meinung des Autors »etwas völlig anderes« –, sondern vielmehr den heimlichen Anfeindungen der Laienbrüder (daher das »völlig andere«) auszusetzen und zum Unfrieden in der Gemeinschaft beizutragen. Gehört er nicht zur »Schwarzen Partei«, dann können ihm die

Inquisitoren entweder den Zutritt zu jedem Seminar für immer verbieten, oder ihn unter die Laienbrüder verbannen und ihn als Prüfung völlig ihrem Argwohn ausliefern, bis er sie von seiner Redlichkeit überzeugt hätte. Oder er muß sich diesen merkwürdigen *»Prozessionsschwärmen«* anschließen, wo »niemand weiß, wie er sich verhalten wird, wenn er erst einmal dazugehört«. Hätte Jérôme ein ruhiges Gewissen, dann würde er mit innerer Ausgeglichenheit vor nichts zurückschrecken, auch vor keiner drohenden Untersuchung. Aber dieser sinnlose Vorfall, der ihn vielleicht wirklich nur auf die Probe stellen sollte, dessen Hinterlist er durch seine Entschlossenheit hätte vereiteln können, nahm ihm im Gegenteil seine Gelassenheit, denn er ist in seiner Ehre und seinem gar zu eigensinnigen Gemüt verletzt. Damit fiel er weniger seinem doppelten Spiel, als vermutlich eher dieser Willensspaltung, die seine eigenen Dämonen in ihm hervorrufen, zum Opfer. Er begibt sich zu seiner Zelle zurück, vor der ab jetzt, wie er weiß, ein betender Mönch unauffällig Wache halten wird. Er könnte dort in aller Ruhe die Vorbereitungen für seine Abreise treffen. Aber vorher wird er noch etwas erledigen, was ihm plötzlich am dringlichsten erscheint. Er betritt die Bibliothek, um einen ausführlichen Bericht an La Montagne zu schreiben. Er fühlt sich dort sicherer als unter den Patres, denn man weiß, daß »die Prozessionsschwärme für gewöhnlich nicht in die Bibliothek eindringen«. Er benötigt dafür eine gute Stunde, verliert sich in Einzelheiten, weiß nicht mehr so recht, ob es angebracht ist, seine Unterhaltung mit dem Maler vor dem Fresko als Auslöser des »Schwarms« darzustellen. Vielleicht hatten die »Schwärme« das Malen des Freskos verursacht, welches dann nur deshalb begonnen worden wäre, um eine Wiederholung dieses Phänomens zu verhindern. Schließlich entscheidet er sich dafür, die endgültige Fassung seines Schreibens auf später zu verschieben. Als er seine Zelle betritt, trifft er dort auf den Prior, den Provinzial und einen Bischof, die vertraulich miteinander diskutieren. Er kniet nieder und küßt den Ring des Prälaten. Er hatte sich noch nicht wieder aufgerichtet, als der Provinzial zu ihm sagt: »Wir waren gerade dabei, viel Übles über den ›*Inquisitor von N.-D. du M. B.*‹ zu sagen«, wobei der Prior und der Bischof lächeln. Der verdutzte Jérôme fühlt sich auf frischer Tat ertappt, und noch bevor sich seine Verwirrung gelegt hat, stellt ihm der Provinzial die Frage: »Was hältst du von dem Fresko?«, als wollte er ihn dadurch in die aufrechte Haltung bringen. Jérôme glaubte, sich herauswinden zu können: »Man möchte am liebsten davonlaufen«, sagt er. – »Aber, fährt der Provinzial fort, sagtest du nicht, das Fresko wäre vollkommen, wenn man die *Weinende* hinzufügte?« – »Aus Gründen der Ausgewogenheit«, sagt Jérôme. – »Der Ausgewogenheit?, wirft der Prior ein. Meinst du die Ausgewogenheit der Seelen in diesem Hause?« – »Die gestalterische Ausgewogenheit«, sagt Jérôme. – »Ihr habt es vernommen, Monseigneur. Ich glaube, wir können Euch mit dem Abbé allein lassen.« Mit diesen Worten ziehen sich der Provinzial und der Prior zurück. Kurz nachdem sie hinausgegangen waren, ergreift der Bischof Jérômes Hand, hält sie fest umschlossen und sagt: »Vortrefflich, mein Sohn. Zu der Zeit, als ich noch studierte, hatte es der Seminarist, den man mit dem Fresko in diesem heiligen Haus auf die Probe stellte, sehr viel schwerer. Zu jener Zeit war das Fresko kein Sinnbild, das man leicht unter Bezugnahme auf eine persönliche Erinnerung der Epoche entschlüsseln konnte. Die Prozessionsschwärme waren damals so zahlreich und hatten so überhandgenommen, daß es niemand gewagt hätte auszuscheren, um seine Meister bei einer benachbarten Provinz oder Diözese zu melden, zu verraten oder anzuklagen. Es ist nicht gut, mein Sohn, nicht gut für dich, hierzubleiben. Bist du inkardiniert? – Nein, Exzellenz. – Wenn das so ist, mein Kind, dann nehme ich dich in meine Diözese auf. Du wirst deine theologischen Studien weitab von all diesen Zwistigkeiten fortsetzen. Bevor du die Feinde der Kirche suchst, bekämpfe sie zunächst in deinem eigenen Innern, um Gott dem Herrn näher zu sein.« Daraufhin fordert er Jérôme auf, in seinen Wagen einzusteigen. Hinter dem Lenkrad sitzt nicht irgendein Geistlicher, sondern eine Nonne. An dieser Stelle der Erzählung taucht erstmals eine Frau auf. Jérôme ist von der Schönheit ihres Gesichts beeindruckt, das eher harte Züge trüge, wenn da nicht ein außergewöhnlich zarter Ausdruck der Augen wäre. Der Bischof macht Jérôme mit Mutter Angélique bekannt, die einem Orden von Erzieherinnen angehört. Die Mutter sagt ihm, daß sie ihn schon seit langem durch ihren gemeinsamen Freund La Montagne kenne. Aber bei diesen Worten blieb es, während die Fahrt fortgesetzt wurde. Wohin ging die Reise? Der Autor sorgt dafür, den Leser über die einzelnen Stationen im ungewissen zu lassen. Sie werden ebenso wie die Klöster und Orden niemals beim Namen genannt. Man erfährt lediglich, daß der Wagen des Bischofs in einer ruhigen Straße der Hauptstadt oder einer anderen großen Stadt hält. Wir befinden uns – so nehmen wir wenigstens an – nicht mehr auf dem Land, sondern in der Stadt, an einem bewohnten Ort, nachdem wir die »Wüste« verlassen haben. Im Nu versetzte der Autor den Seminaristen von »einer Zone in die andere«, vom Einflußbereich der »Schwarzen Partei« in den der Verehrer. Gleich am Morgen nach Jérômes Ankunft bei Mutter Angélique legt der Bischof fest, daß er bis zu seiner Unterbringung in einem Pfarrhaus bei den Schwestern wohnen werde. Aufgrund seines Alters – vermutlich handelt es sich um eine späte Berufung – ist man bereit, ihm den Aufenthalt in einem Seminar zu erlassen. Da es sich dabei nur um einen trügerischen Vorwand handelt, muß man annehmen, daß die Diözesanverwaltung einen Beobachter im Haus von Mutter Angélique haben will. Alles trägt dazu bei, daß Jérôme immer mehr in die Hauptrolle gedrängt wird, wodurch er folglich in eine Falle gerät. Hätte er sich der Verantwortung seiner Berufung gestellt, dann wäre er zuallererst der Empfehlung seines Bischofs gefolgt, welcher jedoch nicht weiter insistiert und aus unserem Blickfeld verschwindet.

»Man sollte sich darüber im klaren sein, sagt der Autor, indem er unvermittelt den Ton eines Predigers anschlägt, man sollte sich darüber im klaren sein, bis zu welchem Grade der Dämon fähig ist, sich der heiligen Dinge zu bedienen, um die Verderbtheit unserer Seelen zu nähren, indem er uns hoffen läßt, sie seien gottgefälliger, wenn wir es fertigbrächten, uns am Heiligen wie an der Verderbtheit mit der gleichen Gier zu laben. Es hilft nichts, das Objekt unserer Gier zu verändern, wenn die Gier an sich bestehen bleibt. Der Genuß himmlischer Speise ist nur mit einem Appetit möglich, der den neuen Menschen voraussetzt. Das trifft auf die nachfolgend beschriebenen Personen zu.« In diesem zweiten Teil beschreibt der Autor seinen Protagonisten im Kreuzfeuer zwischen La Montagne und Mutter Angélique. Beide treten für den Leser nie direkt in Erscheinung, sondern nur durch die Äußerungen des jeweils anderen. Nicht etwa, daß im Text Einzelheiten erwähnt wären, doch Jérôme wird es nicht gelingen, sich Klarheit zu verschaffen, da er abwechselnd unter dem starken Einfluß der beiden steht. So wird hier der Streit um das Fresko zur Projektion seiner inneren Zerrissenheit, wie etwas später die Episode von der »Exhumierung der jungen Nonne« durch den spanischen Maler die schwärzesten Tiefen seiner Seele an die Oberfläche holt, selbst dann, als es ihn auf die Seite der einzigen wirklich makellosen Person dieser Erzählung zieht, nämlich Schwester Théophile, auf deren Kosten die endgültige Vertreibung von Jérômes Qualen geht.

Mutter Angélique, die als eine Frau von »stattlicher Schönheit« beschrieben wird – sie soll die Urenkelin des berüchtigten Herzogs von Lauzun sein –, ist zu ihrem Unglück von der Natur mit einem unzähmbaren Charakter ausgestattet worden. Deshalb glaubt sie, als Frau im kirchlichen Leben die Lage zu erleiden, die die Priester verursachen würden, über die sie unaufhörlich eine mehrdeutige Zwangsvorstellung hat. Einerseits hält sie sie in ihrer Unterwürfigkeit aufgrund mangelnder Erfahrung für willenlos, andererseits schätzt sie sie ehrgeizig und gerissen ein, wenn sie sich als scharfsinnig erweisen – und dann ist es niemals ausschließlich herabsetzend gemeint, wenn sie ihnen einen gewissen Grad an Erfahrung zuerkennt. In ihren Augen ist der Priester eine Person voller Geheimnisse. Dies gilt für viele Frauen, die sich weniger aus innerer Überzeugung als aus Gefühlsgründen dem kirchlichen

Leben verschrieben haben. Der Autor schildert Mutter Angélique so, wie sie zum Zeitpunkt des Zusammentreffens mit Jérôme ist, und geht nur kurz auf die Anfänge ihrer Entwicklung und die Ereignisse ein, die diese Phantasmen ausgelöst oder begünstigt haben könnten. Im Verlauf des Kampfes zwischen der »Schwarzen Partei« und den Verehrern, während die Klöster verschiedener Orden im Anschluß an die Pfarreien ihrerseits bald von Teilen der Verehrer, bald von den »Legionen« oder den Mitgliedern der Inquisitionspartei »besetzt« werden, soll Mutter Angélique einen äußerst heiklen Auftrag erhalten haben, den sie mit einem solchen Feuereifer ausgeführt hätte, wie man es bei einer ans beschauliche Leben gewöhnten Seele kaum vermuten würde. Ihre Superioren, insbesondere ein gewisser Pater – derselbe, der vor Jérômes »Fresko-Prüfung« gestorben war –, sollen sie damit beauftragt haben, die Führung einer Gruppe von Tertiarierinnen zu übernehmen, mit dem Ziel – wie der Autor es ausdrückt –, »die Gebiete der ›Schwarzen Partei‹ und der Verehrer zu neutralisieren«. Im Gehorsam bloßer Nächstenliebe – »der einzigen Richtung, der gar zu sensible Naturen folgen können« – hätte sie den Fanatismus der einen abgewiesen, die anderen vor der Verfolgung bewahrt und vermutlich zum Endsieg der Vereinigung sowie zu einer Machtposition ihres Ordens bei der Ausübung inquisitorischer Praktiken beigetragen. So sehr aber das Klosterleben ihr inneres Streben zu befriedigen schien, so sehr hätte der Kontakt mit der Weltgeistlichkeit – vermutlich während der Ausführung ihres Auftrages – erneut eine große Verwirrung in ihr ausgelöst. Demzufolge hätte sie sich im Kampf mit ihrer Vorstellung vom »geheimnisvollen schwarzen Mann« in einem Zustand der Unberechenbarkeit gegenüber ihren Superioren befunden. Zum Zeitpunkt, als Jérôme in die Gemeinschaft von Mutter Angélique eintritt, ist dieser Zustand schon erheblich fortgeschritten.

Ist es dieses undurchdringliche Dunkel in den Gedanken Mutter Angéliques bezüglich der Weltgeistlichkeit, das sie zunächst mit La Montagne sympathisieren läßt? La Montagne harrt auf eine »Erneuerung« der Kirche, jedoch nicht seitens der Priesterschaft, sondern durch Initiativen der Verehrer, dieser großen Laienbewegung, die wir bereits kennen. Alsbald erkennt (oder glaubt es zumindest) Mutter Angélique allerdings in La Montagne Züge, die weitaus beängstigender sind als der »schwarze Mann«. In ihren Augen ist La Montagne ein heimlicher Verehrer.

»Früher verheimlichte La Montagne nicht seine Zugehörigkeit zu diesem anderen fluchbeladenen Volk, das ähnlich wie die Juden eben wegen dieses Fluchs überlebt zu haben schien«, schreibt der Autor. »Jedoch verzeihten es ihm die Unbeugsamsten seiner ›Rassenbrüder‹ nie, daß er das Gottesurteil anerkannte, demzufolge Schwefel und Feuer vom Himmel auf die Stadt herniedergingen, als ihr Hochmut dem Wachstum und der Vermehrung des Menschengeschlechts ein Ende zu setzen drohte.« Seit dieser Zeit hätte La Montagne die Rolle des Verräters gespielt. Hatte er nicht in der Tat über viele Jahre hinweg mit großem Nachdruck das »Herrschaftsrecht« dieser Rasse gepriesen? Hatte er sich nicht durch seine pädagogischen Einrichtungen sowie durch eine gewagte Interpretation der Vergangenheit darauf verstanden aufzuzeigen, daß diese Rasse die menschliche Gesellschaft daran hinderte, erneut in die »Finsternis der Mutterherrschaft« einzugehen? – (Man sieht an dieser Stelle, daß der Autor Antwort oder Echo auf die Worte des Mönchs zu geben scheint, mit dem Jérôme im ersten Teil diskutiert.) Hatte er nicht mit wortgewandtem Scharfsinn beschrieben, daß es genau das Gebot dieser »Rasse« war, welches im Kampf gegen das gänzlich Animalische, das den Erhalt der Gesellschaft positiv zu lenken vorgibt, das mit Hilfe der Verdammnis, in der sie sich befand, der Menschheit die günstigen Voraussetzungen für jedwede geistliche Erhöhung verschaffte? Denselben La Montagne, der dieses ungeschriebene Gesetz mit all seinen Gedanken und Werken unaufhörlich dem »barbarischen Gesetz des Gottes der Juden und Christen« gegenübergestellt hatte, sehen seine »Rassenbrüder« sich nun verneigen vor diesem »engstirnigen und bornierten Gott«; damit werden ihm sowohl seine Rasse als auch der unsichtbare Stempel, den sie ihm aufgedrückt hat, zum Greuel. Das Schlimmste für sie ist, daß er diesen Stempel *offen sichtbar* macht wie ein Stigma. Nun fühlt er sich verderbt. »*Verderbt,* ja, *du bist es nun in doppeltem Maße«,* sagen die »Alten der Rasse« zu ihm. »In doppeltem Maße: *In unseren Augen verderbt durch den Gott der Juden, und für dich selbst, weil du immer zu uns gehören wirst – ob du das willst oder nicht.* Nun gut, weil du es so wünschst, werden wir die ›Dämonen‹ in deinem Innern sein. *Jetzt liegt es an dir, wie du ›uns‹ und dem ›Teufelsaustreiber‹ dienen wirst«,* fügen sie mit vorsorglichem Hohn hinzu.

La Montagnes pädagogisches Geschick hatte sich nach Aussage des Autors im Laufe der Zeit mit unbestreitbarem gesellschaftlichen Erfolg entwickelt. Er hatte Schulen, Verbände und »Jugendsiedlungen«

gegründet. Seine menschliche Fürsorge zugunsten jugendlicher Straftäter brachte ihm sowohl seitens der berühmtesten Universitäten als auch seitens der höchsten Verwaltung verschiedener westlicher Hauptstädte allgemeine Wertschätzung ein. Nun aber sieht sich La Montagne auf das Dasein eines Nachtvogels im Käfig seiner sonderbaren Villa zurückgeworfen. Erst jetzt lernt er am eigenen Leib das Schicksal eines Verstoßenen kennen. Er ist sowohl dem Groll der »Alten« – (zu denen vielleicht der Autor gehört) – als auch dem Argwohn seiner neuen Brüder ausgesetzt. Der Autor beschreibt die *unterschiedlichen Reaktionen,* die eine derartige Konversion auf Diözesanebene hervorgerufen hätte: Die einen hätten La Montagnes Wandlung ganz einfach als Aktion »Trojanisches Pferd« beurteilt – ob es sich hierbei vielleicht um die Basis sowie um die Anfänge der Schwarzen Partei handelt? –, die anderen dagegen hätten die Wandlung als Vorläufer eines umfassenden Aufstands der Laienfrömmigkeit gegen die Weltgeistlichkeit und als Vorboten eines Machtkampfs begrüßt. Tatsächlich soll La Montagne nach seiner Konversion einen besonderen Eifer im Bezug auf jede Form von Volksfrömmigkeit an den Tag gelegt haben. Daneben soll sein Einfallsreichtum den vereinzelten Bezeugungen von Marienverehrung einen alsbald massiven Halt gegeben haben. Der Autor macht deutlich, daß La Montagne die Lehre dieser heimlichen Politik, die er durch seine »Rasse« erworben und so glänzend zum Vorteil der »Gemeinschaft« erweitert hatte, ab sofort für die Verehrung, an die er immer stärker glaubte, einzusetzen gewußt hätte. Ohne auf nähere Einzelheiten einzugehen, will der Autor das Interesse der Kirche betonen, in ihren

Reihen jemanden zu haben, bei dem sich eine große Erfahrung und die starke Wirkung eines Baden Powel *(sic)* miteinander verbinden. Jedoch sollen diese pragmatischen Erwartungen, die der Autor der Kirche zuschreibt und die jeder Realitätsgrundlage entbehrten – aber vergessen wir hier nicht das fiktive Element –, von La Montagne aufgrund eines entstandenen Konflikts enttäuscht worden sein. Später werden wir erfahren, daß die Anhänger der Lehre von Doktor Angélique diesen Konflikt gerne begrenzt oder beseitigt hätten, und daß sich La Montagne aufgrund seiner Konversionserfahrung dagegen unnachgiebig gesträubt hätte. Der Autor mutmaßt hinsichtlich dieser Figur, daß verwirrende Umstände die Konversion verursacht hätten, welche denjenigen den schwerwiegenden Fehler hätten vorhersehen lassen müssen, die »die entstandene Verehrerbewegung als Schwärmerei von Pfadfindern abtun wollten«. Der Autor denkt sich, daß seine Figur durch *ein Kind* bekehrt wurde – was er seiner Figur anscheinend nicht »verzeihen« kann – ganz wie die »Alten der Gemeinschaft« –, ebensowenig wie der Figur Jérômes, ein Kirchenamt angestrebt zu haben. Erkennen wir an, daß der Anonymus hier beinahe versucht ist, sein wahres Gesicht zu zeigen.

La Montagne hat sein Vermögen nicht nur für die Erziehung der Jugendlichen, sondern auch für seine Kunstleidenschaft geopfert. Die Bildhauerkunst und eine Vorliebe für das Monumentale waren bei dieser noch immer »exilierten Rasse« eine der zugleich verstecktesten und offensichtlichsten Ausdrucksformen ihrer Sehnsucht nach der »Heimstätte, die nach einem Regen aus Feuer und Schwefel in Schutt und Asche lag«. La Montagne hat im Laufe der Zeit eine der schönsten Statuensammlungen angelegt. Seine Villa, eine Mischung aus Neugotik und Jugendstil, hatte er eher wegen ihrer Häßlichkeit als wegen ihres Komforts gekauft. Der Hang zum Bizarren und Grotesken könnte wohl deutlich die »Perversität« des Besitzers widerspiegeln, den man bislang als altmodischen Ästheten und Dandy gekannt hatte. La Montagne hatte bereits ein hohes Alter erreicht. Lange, graue Haare umrahmen sein gefurchtes und Vornehmheit ausstrahlendes Gesicht. Er hat tiefliegende Augen unter einer breiten Stirn, eine auffällige Nase, und ein Zug von Verachtung umspielt seinen Mund. »Sein hoher und stattlicher Wuchs, die fast immer schwarze Kleidung und der Schulterumhang gaben seiner Erscheinung etwas Gespenstisches, Aristokratisches und Dekadentes, das jedoch nicht ohne einen Hauch von Clergyman war.«

La Montagne beherbergte zu jener Zeit einen jungen Schusterlehrling, der von seinen Meistern wegen Anzeichen innerer Labilität hinausgeworfen worden war. Dieser höchstens fünfzehnjährige Waisenknabe aus der Dauphiné, den seine Tante, eine bescheidene Krämerin, in der Hauptstadt unterbringen konnte, war ein außergewöhnlich liebenswürdiges und artiges Kind, das jedoch häufig in eine Art Apathie verfiel, die immer in eine Phase von Kleptomanie überging. Ein Jugendgericht hatte den Jungen La Montagnes Obhut anvertraut, der vielleicht daran gedacht hatte, ihn zu adoptieren. Er war sehr schweigsam, vielleicht auch eingeschüchtert durch seinen Wohltäter, und er wagte es nicht, seine Kontakte zu einer Bande von Antiquitätendieben zu gestehen, die selbst ein Antiquitätengeschäft besaßen. Wahrscheinlich beabsichtigten sie, einige wertvolle Stücke aus der Sammlung des Gönners ihres jungen Komplizen zu entwenden, nachdem er ihnen, was sehr wahrscheinlich ist, eine Beschreibung des merkwürdigen und prunkvollen Hauses gegeben hatte. Eines Tages meldet sich bei La Montagne eine alte Dame, die sich als Antiquitätenhändlerin vorstellt, um beim Hausherrn die ausstehende Summe für eine Figurengruppe zu kassieren, die La Montagne bei ihr durch seinen jungen »Sekretär« hätte abholen lassen. La Montagne vermutet sogleich einen Vertrauensbruch seitens seines jungen Schützlings, wundert sich aber darüber, daß sich das Interesse des Kindes auf einen Kunstgegenstand gerichtet hat. Nach einer Gegenüberstellung mit der alten Antiquitätenhändlerin muß der Junge aus der Dauphiné zugeben, eine Figurengruppe versteckt zu haben, die er alsbald aus seinem Zimmer holt. Während La Montagne diskutiert und sich weigert, den Preis für diese kleinen Figuren zu zahlen, an denen er kein großes Interesse hat – es handelt sich um eine Frau, die vor zwei Kindern sitzt, einem Jungen und einem stehenden Mädchen –, betätigt sich die Bande im anderen Teil der Villa. Nachdem die alte Händlerin gegangen war – auf La Montagnes Bitte hatte sie ihm die Geschäftsadresse gegeben, die sich später als falsch herausstellen wird –, führt der Vormund seinen Schützling in den Figurensaal, um ihn zu einem Geständnis zu zwingen. Doch kurz nachdem sie den Saal betreten hatten, bemerkt La Montagne die Spuren des Einbruchs. Eines seiner schönsten antiken Stücke – ein kauernder Eros mittlerer Größe – war verschwunden. In der Eile hatten die Einbrecher die Plane heruntergerissen, die seit langem eine polychrome, lebensgroße Figurengruppe bedeckte, die La Montagne aus reiner Neugier gekauft hatte und deren Bedeutung er nicht kennt. Plötzlich erkennt er, daß die kleinen Figuren, deren Kauf er gerade abgelehnt hatte, nichts anderes waren als eine Kopie der Statuen, die er hier selbst besaß, und an deren Existenz er sich schon fast nicht mehr erinnert hatte. Es war ein merkwürdiges Szenarium: Inmitten dieser Ansammlung von Statuen, darunter Originale und Abgüsse aus der Antike und der Renaissance – knabenhafte Götter und Epheben –, tauchte unvermutet diese reich, aber vorzüglich geschmückte Frau auf. Das Gesicht in den Händen verborgen sitzt sie weinend vor einem Jungen und einem Mädchen, alle drei umgeben vom starren und stummen Volk der übrigen Statuen. »Das ist die Jungfrau von La Salette, sagt der Junge, und das hier sind Melania und Maximin.« – »Was bedeutet das?« fragt La Montagne, verwundert über dieses merkwürdige Aufeinandertreffen von Diebstahl und Volksfrömmigkeit. Der Junge gibt schließlich seine Beihilfe zum Raub zu. Unter das Geständnis mischen sich Erinnerungen an die Gegend, aus der er stammt. Verworren berichtet er seinem Vormund alles, was ihm seine Tante, die Krämerin, über die Erscheinung von La Salette erzählt und wohin sie ihn nach seiner Erstkommunion mitgenommen hatte. La Montagne drängt es nicht so sehr, gegen die alte Antiquitätenhändlerin Anzeige zu erstatten, als vielmehr all seinen Freunden von dem merkwürdigen Zusammentreffen der Umstände zu berichten: Ohne die Anwesenheit des jungen Lehrlings hätte es keinen Einbruch gegeben; ohne diesen Einbruch – mit dem Diebstahl des kauernden Eros – hätte er die Statue nicht als weinende Jungfrau identifizieren können. Da er La Salette überhaupt nicht kannte, entschloß er sich, in Begleitung des Jungen dorthin zu fahren. Dort wird er schließlich auch das Original der Figurengruppe, in deren Besitz er schon seit recht langer Zeit war, zu Gesicht bekommen. Der dortige Herbergsbruder zeigt ihm die einzelnen Stationen auf dem verschlungenen Weg, den die Jungfrau zurückgelegt hat. Er ist der festen Überzeugung, ein *Zeichen des Himmels* empfangen zu haben. Je länger ihn die Entschlüsselung eben dieses Zeichens beschäftigt, desto radikaler verändert es sein Leben, ja sogar seine äußere Erscheinung. Sein Haupthaar ist nun kurz geschoren und seine Kleidung von bescheidener Schlichtheit. Seine Interessen werden sich ebenfalls verlagern. Er beabsichtigt die Gründung von Genossenschaften zugunsten der Verehrer und zeigt gleichzeitig ein Interesse an geschäftlichen Dingen. Darüber hinaus unterteilt er sein Haus in zwei Wohnbereiche; der eine bleibt den Helfern und Mitarbeitern, der andere mit den hohen Räumen seiner inneren Sammlung und Meditation vorbehalten. In der Tat verändert sich La Montagnes Leben ab diesem Wendepunkt grundlegend. Seine Aufgaben als Pädagoge, die »Jugendbewegungen« und die Umerziehungseinrichtungen scheinen für ihn in weite Ferne gerückt zu sein. Jetzt, da er sich mit größtem Eifer der Monotonie geschäftlicher Dinge zu widmen scheint, gilt sein ganzer Einsatz haltsuchenden Jugendlichen – also *zufälligen* Begegnungen, die er als Zeichen der Vorsehung betrachten *will*. Sodann führt er seine Mission durch; die Jugendlichen und Erwachsenen, um die er sich bemüht, werden entweder seine Glaubensanhänger oder seine Feinde. Sein leidenschaftlicher Bekehrungseifer findet seinesgleichen nur in seiner Neugier an diesen Jugendlichen, die Schwierigkeiten haben, ihr

Inneres nach außen zu kehren. Von daher kommt nun auch seine immer inbrünstigere Verehrung weiterer Marienerscheinungen unseres Jahrhunderts, wobei diejenige von La Salette der entscheidende Auslöser für seine grundlegende innere Wende bleibt. Die Diskontinuität, die die Art und Weise seiner Konversion hervorgerufen hat, prägt künftig sein Denken und setzt in ihm Kräfte frei, die bis dahin in der Betrachtung der zu totem Stein erstarrten Schönheit menschlicher Körper zu schlummern schienen. Die Intensität des Schockerlebnisses hat eine gesteigerte Heftigkeit seines Diskurses zur Folge, die man vorher von ihm nicht gewohnt war. Daraus resultiert ebenfalls seine Vorliebe für Gegensätze, die vielleicht Ausdruck des Kontrasts zwischen seinem früheren und seinem jetzigen Leben ist. Seine Statuensammlung interessiert ihn überhaupt nicht mehr, dennoch wird er sie weder verkaufen noch die Figur der Weinenden aus ihrer Mitte entfernen. Er fügt vielmehr einige polychrome Darstellungen hinzu, die Zeugnisse jüngster Volksfrömmigkeit sind. Die Bedeutung der Erscheinung und die Vision von der Endzeit – für die Joël die Weissagung der Kinder prophezeit hat – verbinden sich in ihm zu einer Katastrophenstimmung. Ihre Anziehungskraft entsteht angesichts der Verzweiflung seiner Nächsten, die ihn keineswegs betrübt, sondern vielmehr in einen ekstatischen Rausch versetzt. Diese Verzweiflung ist für ihn ein Bestandteil des zu erwartenden Weltendes, dessen zunehmende Vorahnungen in gleichem Umfang übernatürliche Erscheinungen sowie Sünde und Greueltaten begünstigen. Die Anziehungskraft der Jugendlichen, die unlängst noch eine ungetrübte Vorstellung war, bedeutet nun für ihn zugleich Bedrängnis und

Trost. Denn wenn es nach seiner eigenen Anschauung – wie es ihm seine »Rassenbrüder« vorwarfen – seine Dämonen sind, die ihn durch die jungen Menschen ins Verderben stürzen wollen, offenbart dann nicht die Gnade, die den schwärmerischen Kindern zuteil wird, daß diese Anziehungskraft nur eine umdunkelte Form seiner eigenen Auserwählung durch den kindlichen Geist ist? La Montagne kennt somit die Schrecken der Unsicherheit seiner Auserwählung. Er wird umso stärker danach streben, diesen Geist in sich aufzunehmen, als der Hang zur Jugend zunächst nur durch den Dämon hindurch zum Ausdruck kommt. Ferner lehnt La Montagne jegliche Reflexion, die ein Mysterium auszuforschen versuchte, kategorisch ab. Er hat eine Abscheu vor den Schülern des Doktor Angélique und dem Unterschied, den sie zwischen Natur und Gnade machen. Allein die Bekundungen unmittelbarer Gewalt können ihn überzeugen, allein diese Zornausbrüche, die jede Form von Reflexion austilgen, mit der uns seiner Meinung nach der Dämon eine Falle stellen will, können ihn gegen die Anspielungen eines Gegenübers wappnen, allein jede Form plötzlicher Veränderung kann ihn überzeugen oder innerlich berühren. Eine plötzliche Wende – wie diejenige, die sich in seinem eigenen Haus ereignet hat – ist stets die Verheißung eines Wunders und einzige Hoffnung, das Vernichtende zu vergessen.

Mutter Angélique erkennt sehr gut Jérômes Kummer, der ihrem eigenen nicht unähnlich ist. Sie ist gerne in Gesellschaft dieses »zukünftigen Priesters«, ahnend, daß die Klugheit die größte Gefahr für seine Berufung verkörpert. In der Tat gelingt es Jérôme nicht, auf selbständiges Denken zu verzichten, wie es der Gehorsam von ihm verlangen würde. Wie anders als Fürsorge und Wertschätzung könnte er all das interpretieren, was die Mutter sich ausdenkt, um seine Selbstsucht zu schüren? Während alle von ihm erwarten, daß er sich des Gewands der Hingabe würdig erweist, bindet er sich nur noch stärker an diese Frau, die sich darauf versteht, das zu fördern, was ihm schadet, und somit vollends seine innere Zerrissenheit bewirkt. Die Abhängigkeit geht so weit, daß er nichts mehr fürchtet, als bei ihr in Ungnade zu fallen. Wenn ihn Gewissensbisse plagen, dann begnügt sich die Mutter mit den Worten: »Du scheinst mir dem Ganzen nicht gewachsen zu sein – du wirst immer ein Kriecher bleiben«, damit er alsbald Angst bekommt, einer zu werden. »Ich enttäusche Euch«, sagt er traurig, wobei er sich nicht einmal die Schritte vorausbedingen kann, die er zu unternehmen gewagt hatte. Und es wird der Mutter ein leichtes sein, ihn von seiner Absicht abzubringen, La Montagne *Bericht* zu erstatten, einem zweiten Fauxpas, der für ihn fatale Folgen hätte. Man wollte ihn glauben machen, daß er die »Freskoprobe« bestanden hätte, aber dieser »Erfolg« könnte hier als Scheitern beurteilt werden, denn hier herrsche, wie sie sagt, die Inquisition der Verehrer. Aber dort, sagt Jérôme, hält man mich für einen Spion der Schwarzen Partei. Ich schlage lediglich die Darstellung der *»Weinenden«* vor, und schon beschimpft man mich als »Inquisitor« der Verehrer, Provokateur der Schwarzen Partei, und nach Meinung der Schwarzen Partei als Doppelagent ... – »Die Schwarze Partei? Aber, aber, mein lieber Abbé, das ist ein Hirngespinst von La Montagne! Hier herrschen die Verehrer, und zwar gewaltig!« Die Anreger der derzeitigen Freskogestaltung – deren Rätsel dem Bischof erheblich menschlicher erschien als das Rätsel, das der Prälat in seiner Jugend gelöst hatte – sind niemand anders als der tote Pater und Mutter Angélique selbst. Beide wollen eine Darstellung in emblematischer Form, die den Triumph des Glaubens über die rationalistischen Spekulationen der Theologen zeigt. Alsbald mischt sich La Montagne in die Sache ein, indem er den Maler empfiehlt, mit dem er eine Pilgerreise nach La Salette unternommen hatte. Der alte Maler, den Jérôme kennengelernt hatte, soll lediglich das Faktotum des anderen sein, dessen Arbeit er ausführe. Jener, den La Montagne ausgesucht hatte, hätte die Absicht gehabt, nicht nur den Heiligen Thomas und den Heiligen Bernhard, sondern alle Doktoren mit verschleiertem Gesicht sowie Melania und Maximin in Überlebensgröße vor einer riesigen Darstellung der *Weinenden* zu malen. Dieses Projekt wäre jedoch nicht verwirklicht worden. Weder der Prior dieses Klosters noch der tote Pater und Mutter Angélique hätten die Doktoren mit verschleiertem Gesicht und eine derartige Darstellung der Heiligen Jungfrau gewollt. Bezüglich der Doktoren mit verschleiertem Gesicht wäre alsbald ein Streit entstanden: La Montagne hätte nicht seinem Maler, sondern Mutter Angélique die Schuld zugeschoben, indem er ihr hinsichtlich ihres Vorschlags zur Darstellung der Theologen vorwarf, sie wolle dies nur, um die Figur der *Weinenden* aus dem Fresko zu verdrängen.

Man kann an dieser Stelle erkennen, daß die Idee des unvollendeten Freskos dem Autor ein willkommenes Mittel zu sein schien. Es war ihm dadurch möglich, die Stürme zu beschreiben, die in einer gesellschaftlichen

Gruppierung entstehen, wo unterschiedliche Temperamente und Glaubensformen aufeinanderprallen. Alle Glaubensrichtungen erheben dabei Anspruch auf Alleingültigkeit, denn jede Form charakterisiert sich durch eine eigene Beschaffenheit. Doch genau dieses Verfahren ist viel zu durchsichtig, denn die Erzählung friert ein in der Erstarrung eines Freskos, dem die Bewegung des Malvorgangs fehlt. Diese Gefahr besteht immer dann, wenn man mit Hilfe des abstrakten sprachlichen Zeichens bemüht ist, eine konkret sichtbare Kunst wie die Malerei zu beschreiben, um eine Wirklichkeit darzustellen, die die Sprache durch ihre eigenen Mittel nicht ausdrücken zu können glaubt. Sicher, es geht hier um verschiedene Aspekte des religiösen Lebens, zu dem die bildende Kunst als wichtiger Bestandteil gehört, und man sieht, daß in dieser Erzählung die Kunst unter den verschiedenen Formen des Freskos zur Handlung gehört. Man kann sagen, sie gehört im gleichen Verhältnis dazu wie die Theaterszenen im *Wilhelm Meister.* Aber ebenso wie in Goethes Roman erfolgt ein ständiger Wechsel zwischen wirklichem Leben und Fiktion sowie zwischen der Fiktion und einer Realität über dem Leben. Der Autor erkannte mit seinem Motiv des Freskos ein Mittel, das der Handlungsatmosphäre exakt entspricht, um zu zeigen, daß Devotionalien durch ihre Darstellung (hier in bildlicher Form) zum Vorwand für menschliche Realität werden können, die ansonsten nicht sichtbar wäre. Unklar bleibt jedoch das eigentliche Ziel seiner Beweisführung. Entweder sind Devotionalien immer nur Vorwand und Ausdruck finsterer Mächte, oder sie sind im Gegenteil, je mehr sie sich der menschlichen Seele offenbaren, Zeugnisse göttlicher Präsenz, die die

Dämonen wecken, welche der Seele die Offenbarung in ihrem eigenen dämonischen Licht zeigen. Der Autor spricht hier ein ganzes Bündel von Problemen an, die seit dem Modernismusstreit noch ungelöst sind. Es gibt einerseits die überlieferte, aber andererseits auch die durch das Bild und die Erscheinungen bekräftigte Offenbarung. So verhält es sich mit dem Dogma von der Unbefleckten Empfängnis, das die Heilige Jungfrau durch ihre Erscheinung vor Bernadette, der dieses Dogma völlig unbekannt war, bestätigte. Völlig anders ist dagegen eine Erscheinung, die eine überlieferte Verehrung als besondere Offenbarung bestätigt, wie zum Beispiel die Erscheinung von La Salette. Somit bildet sich innerhalb der Tradition eine zunehmend an Raum gewinnende Form der Verehrung, die sich am Bild einzelner Erscheinungen orientiert. Tatsächlich ist eine Erscheinung nichts anderes als ein Bild, durch das die Gnade nach einer langen Entwicklung in einer auserwählten Seele ihren Endpunkt erreicht; oder aber sie ist der bildhafte Ausgangspunkt der Verehrung. Aber damit nehmen die Schwierigkeiten, der Argwohn und die Polemik ihren Anfang. Wenn sich ein Bild nicht unbedingt in die Tradition einreiht, wie dies zum Beispiel bei der Herz-Jesu-Vision von Marguerite Alacoque, die deutlich die gesamte Christologie veranschaulicht, der Fall ist, sondern anscheinend neue Bedingungen im Rahmen der Offenbarung schafft – wovon die Worte der Weinenden künden, wenn sie zu Melania sagt: *Ich werde meinen Sohn nicht länger zurückhalten können* –, dann verursacht dies auch unweigerlich eine neue Sichtweise von der Erlösung. So kann Jérôme – der dabei im übrigen bei seinem geistlichen Mentor Unterstützung findet –

nicht umhin sich zu fragen, ob, nachdem Jesus den Zorn seines Vaters abgeschwächt hat, nun ihrerseits die Mutter eingreifen muß, um den Sohn zu besänftigen ...

Der Autor der *Aufgehobenen Berufung* wollte diese Problematik in der Fresko-Episode schildern. Die dargestellten Probleme beschäftigen sicherlich jeden Theologiestudenten, denn seine eigenen Erfahrungen sind die Folge seiner Lebensumstände, oder aber sie stehen im Widerspruch zu den Erfahrungen der Personen in seinem Umfeld, vor allem dann, wenn sich jene mit derselben Beweiskraft individueller und hartnäckiger Anteilnahme der Seele behaupten. Wenn es dieses symbolische Verfahren der Fresko-Episode den Figuren der Handlung erlaubt, ihr Inneres aufzudecken – wenn andererseits das unvollendete Fresko mit den sich überlagernden Darstellungen die Wiedergabe innerer und abstrakter Ereignisse auf etwas theatralische Weise ermöglicht, so hielt das der Autor dennoch für unzureichend, denn er bringt uns vom Fresko in einen Umstand, der überhaupt nicht abstrakt ist. In der Tat stammt der Teil des Freskos, der *die Gruppe um den Papst in Betrachtung der sterbenden Karmeliterin* zeigt, keineswegs aus dem Bereich der Verehrung. Wenn du genau hinsiehst, wird Mutter Angélique zu Jérôme sagen, dann wirst du merken, daß die Züge des Pontifex maximus nicht die von Papst Pius IX. sind, sondern von einer Person, der du hier begegnen wirst. Als Modell für die Karmeliterin diente *eine kurz zuvor begrabene und alsbald wieder exhumierte Tote*. Dabei hielt sie Jérôme eine Photographie entgegen, eine Aufnahme frevlerischer Gewalttaten von Anarchisten in Barcelona während des Bürgerkriegs. Man erkennt darauf den Leichnam einer jungen Nonne, den die Aufständischen aus dem Sarg gezerrt und auf schändliche Weise geschminkt haben, während sie gerade dabei sind, den entblößten Brüsten der Toten tiefe Schnittwunden zuzufügen. Mit einem kurzen Blick erkennt Jérôme jedoch sofort in dem Dokument die Photographie wieder, die sein »ehemaliger Gegenspieler« Malagrida früher ständig herumzeigte, nachdem er aus dem Spanischen Bürgerkrieg zurückgekehrt war, wo er auf der Seite der Anarchisten gekämpft hatte.

Malagrida, spanischer Maler und bestens bekannt in den Reihen der Avantgarde, war während der Jahre des Umsturzes ein Freund von Jérôme gewesen. Malagrida, den Jérôme in Verdacht hat, ihm seine frühere Geliebte ausgespannt zu haben, ist vermutlich nichts anderes als ein Schwindler. Zur Zeit von Jérômes Noviziat lernte er La Montagne kennen, der sofort große Sympathie für Malagrida empfand und nicht umhinkonnte, ihn auf den Weg des christlichen Glaubens zu bringen. Der Maler schien dafür umso empfänglicher zu sein, als er bereits damit begonnen hatte, religiöse Themen in seinen Bildern auszugestalten. Zunächst hatte er nur ganz unauffällig das Motiv von Brot und Wein in seine Bilder einfließen lassen, deren Stimmung mit dem Abendmahl allerdings überhaupt nichts gemeinsam zu haben schien. Ein Stück Brot als ständig wiederkehrendes Motiv verkörperte – so hatte es zumindest den Anschein – nach und nach das Bekenntnis zur göttlichen Gegenwart. Er soll sodann gegenüber La Montagne eingestanden haben, während des Bürgerkriegs an der Profanierung von Kirchen und Nonnenklöstern beteiligt gewesen zu sein. Das Ganze dürfte purer Unsinn sein, doch La Montagne will ihn daraufhin für die Gruppe der Verehrer gewinnen. Er reist mit ihm nach La Salette und hält das für eine Konversion, was für Malagrida nur eine Mischung aus Neugier und Ausdruck einer Laune ist. So übernimmt Malagrida den Auftrag, das Fresko mit der Erscheinung von La Salette auszugestalten, ganz wie es Mutter Angélique gegenüber Jérôme beschrieben hatte. Ferner will er sich bescheiden und selbstlos zeigen, indem sein Name auf jeden Fall ungenannt bleiben soll. Dann tauchen aber die vom Prior erhobenen Schwierigkeiten auf, was Malagrida zu mehreren Veränderungen in der Bildgestaltung nutzt. Daher kommt der unvollendete Zustand des Freskos, wie ihn Jérôme zu Gesicht bekommen hatte. Als La Montagne sieht, daß sich Malagrida nicht an die Ausgestaltung hält, wie er sie in La Salette fest zugesagt hätte, überwirft er sich mit ihm. Malagrida soll sich dann ausgedacht haben, den *Papst beim Anblick der Unbefleckten Empfängnis neben der sterbenden Karmeliterin, die ihr Leben für die Verbreitung des Dogmas geopfert hatte,* darzustellen. Vielleicht wollte er dadurch der »Verfolgung« durch die Schwarze Partei entgehen; vielleicht erfolgten diese Überlegungen auch unter dem Einfluß des einstigen Mentors von Mutter Angélique, der vor Jérômes Ankunft in diesem Kloster verstorben war – doch dieser Einfluß scheint eher unwahrscheinlich. Malagrida wählt einen alten Laienbruder aus, der ihm bei der Arbeit helfen soll. Es war derselbe, den Jérôme angetroffen hatte; er war nur ein einfacher Handwerker und Anstreicher, jedoch mit einem ausreichend ausgeprägten Talent für bildliche Darstellungen, um Malagrida an die Hand gehen zu können. Malagrida übergibt ihm unter einem fadenscheinigen Vorwand seine Skizzen, überläßt ihm damit die ganze Arbeit am Fresko und verschwindet spurlos aus dem Kloster.

Die Gestalt Malagridas erscheint hier als »Folie«, wenn nicht sogar als Double Jérômes. Mit ihr kommt die Vergangenheit des Seminaristen wieder an die Oberfläche. Das Fresko, das zur Darstellung der Auseinandersetzungen um Dogma und Verehrung dient, ist ausschließlich Malagridas Werk. Da dem so ist, dienen die Glaubenszeugnisse, die in der Tat von einem eigenen Dämon gemalt wurden – und genau das ist Malagrida –, zur Verschleierung von Jérômes Sünden. Jedoch anstatt sich für immer von diesem Pandämonium abzuwenden, das das Fresko sowie das Umfeld dieses unausführbaren und unvollendbaren Kunstwerks verkörpert, begibt sich Jérôme unter dem Vorwand eines geistlich-theologischen Wissensdurstes in einen labyrinthischen Irrgarten, dessen Ausgänge ihm schließlich von Mutter Angélique, die sich selbst in ihren eigenen Ansprüchen verfangen hat, verbaut werden. Wie viele andere Personen, insbesondere einige Mitglieder der Schwarzen Partei, verbirgt sich Malagrida im Hause von Mutter Angélique, ohne daß La Montagne noch Jérôme zunächst davon wußten. So gelingt es ihm, die Nichte La Montagnes, in die er verliebt ist und die er unbedingt wiedersehen wollte, bei Mutter Angélique, in deren Orden sie unter dem Namen ›Schwester Vincent‹ eingetreten war, heimlich zu treffen. Eines Tages steht Jérôme seinem früheren Gegenspieler gegenüber. Um den ersten Moment dieses eher peinlichen Aufeinandertreffens zu überwinden, möchte sich der Seminarist mit dem Maler ausschließlich über dessen eucharistische Bilder unterhalten. Malagrida schlägt ihm gegenüber sofort einen sehr sarkastischen Ton an und tut so, als ob er seine gegenwärtige Zwangslage, sich verstecken zu müssen, beklagen würde; er hätte keinen geeigneten Raum für seine Arbeit und würde hier, mitten unter Jungfrauen, bloß seine Zeit verlieren. Als ihm dann der Seminarist zu verstehen gibt, daß er um den Vorfall zwischen dem Maler und La Montagne wisse, wird Malagrida freundlicher und erbittet seine Hilfe für eine Zusammenkunft mit Schwester Vincent. Aber Jérôme will zunächst Klarheit haben über die offensichtliche Ähnlichkeit zwischen der Karmeliterin des Freskos und der auf der Photographie von der Freveltat in Barcelona. Malagrida gesteht ein, daß die Aufnahme gestellt ist und während einer »Party« bei einem gewissen Doktor Carpocratès gemacht wurde (eine weitere Randfigur aus Jérômes früherem Leben). (Es fällt an dieser Stelle auf, wie sehr sich der Autor, nachdem er uns glauben machen wollte, von der Realität auf die Fiktion umzuschwenken – wo er denn einmal von einem tatsächlichen und heiklen Ereignis zu erzählen scheint –, beeilt, um uns mitzuteilen, daß nichts dergleichen stattgefunden hätte. Er tut dies, um das Bild möglicher Ereignisse zu verdeutlichen, denn in Jérômes Vorstellung ist einzig und allein das Bild von Bedeutung.) Besagter Carpocratès wäre auf die unglückliche Idee gekommen, seine Laborhelferin einzuladen, ein »ebenso frisches und anmutiges wie bigottes und prüdes Mädchen«, das aus den Kreisen katholischer Landbourgeoisie stammte und das sich dann völlig verloren und wie in einer Falle vorgekommen wäre. Sie hätten sich den schlechten Scherz erlaubt, es in eine Verkleidung zu zwingen und – nach Malagridas genauesten Anweisungen – die Szene zu spielen, die sich in Barcelona während des Aufstands ereignet hätte. »Und weshalb hast du sie auf dem Fresko dargestellt?«, fragt ihn Jérôme. – Um mich zu rächen, erwidert der Spanier. – Um dich zu rächen? Dafür, daß man dem Mädchen so übel mitgespielt hat?, fragt Jérôme. – Zunächst einmal deshalb, weil es den Fehler begangen hat, sich da aufzuhalten, wo ich selbst bin. – Wie, es soll hier sein? – Aber natürlich, es ist Schwester Théophile!, entgegnet Malagrida.« Jérôme erinnert sich sogleich daran, die spätere Schwester Théophile im Labor von Carpocratès flüchtig gesehen zu haben. Später erfahren wir, daß Schwester Théophile Jérôme sehr wohl als Freund Malagridas erkannt hat. Jérôme hat jedoch bis zu diesem Zeitpunkt die Zusammenhänge nicht erkennen können. Dazu bedurfte es als Bindeglied der Person Malagridas, der fortfährt: »Um mich zu rächen, oder besser: um uns – Mutter Angélique und mich – für ihre ganze Falschheit zu rächen. Sie hat als erste die Mutter vor mir gewarnt, als ich sie um Obdach gebeten habe. Sie ist es zweifellos auch, die mich bei Schwester Vincent verleumdet.« Der Seminarist bricht das Gespräch ab. Aber das ist seinerseits bei weitem keine Abweisung, die er den *prava cogita*, die gerade auf ihn eingedrungen sind, entgegenstellen würde. Er vernimmt sehr wohl jedes einzelne Wort dieses abenteuerlichen Menschen, der seiner Meinung nach das Gespür für die Realität bereits völlig verloren hatte. Er sieht, wie sich vor seinen Augen ein weites Feld neuer Möglichkeiten öffnet, die es auszuloten gilt. Eilends begibt er sich zu Mutter Angélique, um sich zu erkundigen, was sie zum Schutz von Schwester Vincent vor den möglichen Streichen des Spaniers zu tun gedenke. Ob Schwester Vincent Malagrida wohl irgendwann einmal – vielleicht bevor er zur Kutte kam – Hoffnungen gemacht hat?

Als La Montagne erfährt, daß Mutter Angélique Malagrida in ihrem Haus versteckt, erfaßt ihn rasende Wut. Da er befürchtet, daß die Mutter Malagridas Leidenschaft für seine Nichte klammheimlich zu unterstützen sucht, empfindet er eine doppelte Verletzung seiner eigenen starken Gefühle für Malagrida, der ihn nach ihrer gemeinsamen Pilgerreise nach La Salette so grausam getäuscht hat. La Montagne ist hierin das Opfer einer tragischen Verwicklung: Da jede Seele ihr eigenes Charisma besitzt (das er eher gefühlsmäßig als mit dem Verstand für eine Gabe Gottes hält), gebietet es die Verantwortung der Seelen füreinander der seinen, in der seines Mitmenschen den Gnadenquell zu wecken, von dem jener nichts weiß. La Montagne besitzt offenbar seherische Fähigkeiten; er liest – oder glaubt dies zumindest – in den Seelen seiner Mitmenschen. Da er somit den anderen nur auf verwirrte Weise erfahren kann, hat er ein ausgeprägtes Gespür für Notlagen. Daran mangelt es nie, weshalb dieses Gespür in ihm die Kraft der Barmherzigkeit und die geistige Verwandtschaft mit den Seelen steigern konnte. Die geistige Verwandtschaft schließt aber die verwirrte Sensibilität nicht aus; und sie ist es auch, die die Zielgruppen für seinen regen Eifer bestimmt. Handelt es sich um sehr junge Menschen, dann kann La Montagne trotz seines inneren Drangs problemlos Gutes tun. Sein innerer Drang, der durch die Zwänge der Verehrung gezügelt wird, entwickelt sich dabei zum pädagogischen Ansporn. Richtet sich aber sein Interesse auf Erwachsene, dann verstärkt der Widerstand, welchen auch immer der schwächste Charakter jeglichem Einfluß entgegenstellt, den Ausgangskonflikt: Die Verwirrung erscheint erneut in Gestalt der wertgeschätzten Person. Entweder vermischt sich das geistliche Überzeugungsbedürfnis mit dem natürlichen Drang, sich von demjenigen besiegen zu lassen, der zu männlich handelt, oder es steigert sich durch den Drang, denjenigen zu bezwingen, der im Gegenteil zu passiv und ausweichend erscheint.

La Montagnes Geisteshaltung, wie sie der Autor ihm zuschreibt, ist etwas schwerfällig. Da er sich in einem Sammelsurium von in Dämonologie versteckter Psychoanalyse verstrickt, hat er große Schwierigkeiten, diese Figur in ihre einzelnen Bestandteile zu zergliedern.

»La Montagne hatte im Laufe seiner Auseinandersetzung mit Malagrida oder Jérôme nicht nur die finsteren Mächte zu bezwingen, die er in ihnen wüten sah. Damit er die Oberhand über sie zugunsten ihres Charismas gewinnen konnte, mußte er sich zuvor noch selbst Gewalt antun, damit seine eigenen Kräfte – nachdem sie bei der Vergrößerung des Interesses wichtig gewesen waren – nicht die geistliche Mühe zunichtemachten, mit der sich das Interesse in ihren Seelen bereits Raum geschaffen hatte. Unglücklicherweise hat der Dämon auf diesen Moment nur gelauert, um sich einzumischen; da er von Beginn an seine Hand im Spiel gehabt hatte, will er nun auch das letzte Wort sprechen. Wahrscheinlich wollte La Montagne in Malagrida und Jérôme die geistlichen Fähigkeiten freisetzen. Aber dieser Wille war zugleich immer auch verwirrte Neugier, die sich auf die finsteren Winkel dieser Seele richtet. Diese Neugier, die La Montagne nicht mehr wahrnahm, weil sie zur Antriebskraft seines Eifers geworden war, übernahm mit Leichtigkeit die Funktion einer brüderlichen Korrektion.«

Indem der Autor La Montagne den Schülern von Doktor Angélique gegenüberstellt, will er vielleicht zwei Heilslehren innerhalb der Kirche miteinander konfrontieren. Jérôme erkennt die Neigung La Montagnes hin zu den verborgenen Charismen in der Seele jedes Menschen, und er bekam den Eindruck, daß La Montagne dadurch in seinem Gegenüber Kräfte gegen das Charisma weckte. Jérôme sagt sich, daß hierin der entscheidende Punkt liegt, weshalb ihm die einfache Notwendigkeit menschlicher Natur unerträglich wird, einer Natur, die ihre Möglichkeiten frei entfaltet, bevor die Seelenmächte durch die Gnade informiert werden könnten. Gegenüber der vernünftigen Auffassung von Doktor Angélique bevorzugt La Montagne seinerseits noch jene finsteren Kräfte, wenn er die Charismen nicht treffen kann, denn diese Kräfte sind nichts anderes als die Dämonen, die zumindest das Verdienst der *Zerstreuung* besitzen, die bewirkt, daß uns sogar unsere eigenen Leiden von der profunden *Langeweile* einer gesunden Natur ablenken können. La Montagne hat also seine Gründe, warum er von dem eigenen inneren Dorn und dem der anderen nicht ablassen will. Die Präsenz der Dämonen offenbarte ein vorhandenes Charisma. Früher hatte dies auf Jérôme eine starke Wirkung ausgeübt, doch seit der Seminarist durch die Schule der Schwarzen Partei gegangen ist, hat er selbst die irdische von der überirdischen Ordnung zu unterscheiden gelernt. Die erschaffene Natur ist selbst ein Ergebnis der Gnade; sie ist demnach in sich selbst unübertrefflich. Es existieren freilich gewisse *Schatten*.

Sie verhindern allerdings nicht, daß die Gnade zu einem *Wert* der Seele wird. Es ist besser, auf die Präsenz dieses Wertes zu warten, als den Dämon zu wecken, indem man selbigen verjagen will. Diese Natur kann – wie alles Seiende – nicht nach dem Guten streben. Man muß sich also vor ihrer Zerstörung hüten und ihre Wunden pflegen. Diese Lehre hätte Jérôme den inneren Frieden verschaffen können. Der Autor wird jedoch aufzeigen, daß Jérôme nicht umhinkann, erneute Konsequenzen zu ziehen, und zwar unter diesem Einfluß, der zum Erreichen seines Ziels sogar die innere Ruhe auszunutzen versteht. Eine Vorstellung, die Jérôme nach wie vor verfolgt, ist die Vision vom Priester als Arzt für Leib und Seele. Dadurch würde das Bild von der irdischen und überirdischen Ordnung, das dem Dämon so wenig Raum zu gewähren und dessen geistliche Herkunft zu vergessen scheint, den finsteren Mächten ermöglichen, das Spektakuläre ihrer Erscheinung zu beseitigen, sie zumindest dem Teufel, diesem wesenlosen Dramaturgen, zu entreißen, damit der Arzt sie dem Geist zurückgäbe. Ist es das, was dem Abbé Persienne so gut gelingt? Jérôme weiß, daß er als Arzt praktiziert. Ob ihm wohl das Wunder gelungen ist, Doktor Angélique mit Doktor Freud zu verquicken? Wie kann er die Spendung der Sakramente mit dem Ausloten innerer Niederungen, dem Arbeitsfeld der Psychiater, vereinbaren? Welchen Raum nehmen dabei die Exorzisten ein? Beseitigen sie sich selbst zusammen mit der Inszenierung des Bösen? All diese Fragen stellt sich Jérôme, als er M. Persienne aufsucht. Er wird weniger von Neugier, sondern von einer Kraft getrieben, die nichts anderes als der Hang zur Macht ist. In dem, was er für seine Beharrlichkeit hält, bestärkt ihn viel weniger das Bedürfnis, den Leib des Erlösers unter den Menschen auszuteilen, als vielmehr die feste Überzeugung, sich an dem Tag von seiner Verwirrung zu befreien, an dem er selbst Brot und Wein segnen wird. Die Segnungsbefugnis bedeutet Macht über sich selbst und andere. Selbst wenn er zu Verzicht und bedingungsloser Hingabe auf der Basis vollständigen Gehorsams fähig wäre, dann wäre das für ihn selbst noch ein Hang zur Macht. Was er nun in Gestalt von M. Persienne zu finden glaubt, ist das Beispiel für einen Priester, der der Macht, Sündenbekenntnisse zu binden und zu lösen, nicht nur die Bindung, sondern auch die Lösung der finsteren Mächte hinzufügte, um dadurch ein Geständnis nach seinem Willen zu erwirken ... Doch dies ist lediglich eine Sicht des Autors, die Handlungsweise seiner Figur zu interpretieren. Jérôme ist der ehrlichen Meinung, daß der Mensch niemals Schuld auf sich lädt, nur weil er sich ihrer bewußt ist.

Abbé Persienne wird beschrieben als ein Mann von etwa sechzig Jahren, der gerne einen etwas gewagten Ausspruch von sich gab, wenn er eine bestimmte Situation gedanklich erfaßte, die kurz zuvor noch nicht erkennbar gewesen war. Sodann lachte er laut auf, wenn er an diejenigen dachte, die weiter »gemächlich ihrer Wege gingen«, als ob nichts geschehen wäre, um gleich darauf mit erneutem Ernst den Zeigefinger zu heben, während er gleichzeitig die Augenbrauen über den Brillenrand hochzog, jedoch ohne dabei den vorherigen Heiterkeitsausbruch ungeschehen zu machen, der wie ein Hintergrund bestehen blieb, auf dem sich nun diese offensichtlich strengere Miene abzeichnete. »Zunächst einmal, sagte M. Persienne, mußt du mir erzählen, wie es *dir gelungen* ist, die ›Zonengrenze‹ zu passieren und was *die* dir wohl erzählt haben. – Genau diese Frage wollte ich Euch stellen«, sagte Jérôme. Im Verlauf des Gesprächs merkte Jérôme, wie das Bild, das er sich vom Priester-Therapeuten gemacht hatte, zusehends verblaßte. Nein, das war es wohl noch nicht. Nach und nach versank alles erneut in der Banalität des Gewöhnlichen: Bei M. Persienne hatte der Therapeut den Seelsorger aufgezehrt. Aber dieser Tatsache zum Trotz verzichtete der Therapeut nicht darauf, seine Wissenschaft ganz nach der Art eines Priesters auf den Meister wie auf den Schüler anzuwenden, als ob die Macht, Fleisch und Blut zu trennen, auf ungeheuerliche Art und Weise in die Macht übergegangen wäre, Geist und Seele zu trennen. Nachdem er die Dogmen ganz wie Neurosen zergliedert hatte, legte er ihre Einzelteile zu Füßen der einzigen Gottheit, die er verehrte. Diese Gottheit hatte zwei Gesichter: Bald war sie der Tod, bald darauf der Drang, einmal der Trieb und einmal die Trägheit. Merkwürdigerweise soll der Meister selbst der Hauptmittler dieser Gottheit gewesen sein. »Wir sind gerade aus dem Schlaf erwacht, wir kämpfen gegen ihn an, wir verkürzen ihn und teilen miteinander diese Bedingtheit zwischen Wachen und Schlafen, die das Wachsein um so mehr kräftigt, als der Schlaf durch sein Wechselspiel mit dem Wachzustand mächtiger ist. Die Träume stellen gewissermaßen den festen inneren Zusammenhalt zwischen beiden sicher. Wir wachen im Schlaf und schlafen im Wachzustand. Übermannt uns erneut der Schlaf, dann fügen wir uns, ob wir das wollen oder nicht. Angesichts dieser unausweichlichen Situation hat uns der Meister den Weg der einzig wahren Haltung gewiesen: Die Hinneigung zum Kreuz.« Daß ein Priester mit jedem seiner Worte seinen Zuständigkeitsbereich überschritt, war Jérôme schon seit langem bekannt. Neu war jedoch, daß ein Priester sich erlaubte, das Wort im Namen des Wortes, das ihn zum Priester gemacht hatte, zu vernichten. Sollte er ihn fragen: Warum lest Ihr die Messe? Und wie könnt Ihr sie lesen? Wie sprecht Ihr den Segen? Aber Jérôme hob sich das für später auf. Er fragte lieber: »Und was ist mit den Menschen, die an die Kirche glauben? Was sagt Ihr denen? – Ich unterstütze sie in ihrem Glauben, sagte M. Persienne. Und wenn ihr Glaube nachgelassen hat, dann rühre ich nicht daran, denn der nachlassende Glaube gibt ihnen die Möglichkeit, sich zu entfalten (gegen den Schlaf zu kämpfen und im Wachzustand zu bleiben). Sind diese Seelen aber wegen des Glaubens selbst im Ungleichgewicht, dann zeige ich ihnen seine Geheimnisse und was er überdeckt. – Wollt Ihr damit sagen, fragte Jérôme, daß es Euch dann darum geht, sie von der Kirche zu entfernen, und trachtet Ihr danach, die Kirche und ihre Dogmen zu zerstören? – Hinweg von mir!, rief M. Persienne aus. Allein die Kirche kann die unverfälschte, die nicht von anderen verzerrte Wahrheit lehren. Allein die Kirche kann uns lehren, wer Christus in Wahrheit war, nicht wie man sich ihn vorstellt. Mit einem Wort: Allein die Kirche kann uns das lehren, was ich dir vorhin gesagt habe, denn nur die Kirche kann bewirken, daß der Mensch den Tod akzeptiert. – Aber dennoch akzeptieren ihn auch sehr viele ungläubige Menschen, erwiderte Jérôme. – Nein, sagte der Abbé, sie leben, sie lassen das Leben über sich ergehen, denn sie können nicht anders. Die Kirche dagegen muß – und nur sie allein kann dies tun – ihnen zu verstehen geben, daß sie sich darüber hinaus eben nichts erhoffen können, und dennoch aus der reichen Vielfalt der Seele heraus leben sollen.« Jérôme war nicht allzu überrascht, eine derartige Schlußfolgerung aus dem Munde dieses Mannes zu vernehmen. Es war ihm, als hätte er diese Worte bereits irgendwann von jemandem gehört. Vielleicht sprach dieser Jemand erneut. Seine Neugier suchte anderwärts: »Glaubt Ihr, fragte er, daß es in den Reihen der höheren Geistlichkeit welche gibt, die mit dieser inneren Anschauung und dieser stets versteckten Absicht den Glauben in den Seelen durch eine Eurer Meinung nach leichtgläubigere Priesterschaft stützen?« M. Persiennes Lächeln ging in ein gutmütiges Lachen über. »Mein Kind, wenn es ein Geheimnis gibt, dann sitzt es unbewußt im Herzen des Menschen. Heutzutage sagen alle, daß sie glauben, und was sie sagen, das glauben sie. Das Geheimnis verbirgt sich in der Institution Kirche, einem Phänomen, das für den Menschen nicht greifbar ist und ihn dorthin führt, wo es ihn haben möchte. Und aus diesem einfachen Grund *kann man nichts gegen die Kirche ausrichten.«* Der Seminarist war sehr erstaunt darüber, daß M. Persienne das göttliche Wort auf eine Weise benutzte, mit der er den göttlichen Charakter der Institution und folglich Gott selbst leugnete. Erschien es möglich, daß den Superioren von M. Persienne dessen innerste Anschauung so völlig unbekannt war? – »Aber, fuhr Jérôme fort, was hält man in der Diözesanverwaltung von Euren Aktivitäten als Therapeut? – Wesentlich, erklärte M. Persienne, ist die Vereinbarkeit mit den Zielen der Kirche. Ansonsten genügt es, nicht störend aufzufallen. Dann wird man nicht nur in Ruhe gelassen, sondern sogar bedenkenlos um Hilfe gebeten. – Bei welcher Gelegenheit? – Mein liebes Kind, sagte

M. Persienne, gelegentlich kommen Meister von Novizen unterschiedlicher Orden mit Erlaubnis ihrer Superioren, um mir bestimmte Fälle zu unterbreiten, die in ihrem Hause aufgetaucht sind, wenn sie sich mit einer unklaren Lage konfrontiert sehen – allerdings sind es überwiegend Meister, die dem weiblichen Geschlecht angehören. – Und dann?, fragte Jérôme in einer Mischung aus Einfalt und Neugier. – Und dann, fuhr M. Persienne fort, ziehe ich daraus den Schluß, daß alles, was sich unweigerlich in jenem Moment ereignet, vorher geschehen müßte, denn bei dem Vorsatz, ins Kloster zu gehen oder sich einer Ordensregel zu unterwerfen, bei einer solchen Entscheidung also können Illusionen und Phantasmagorien in einem so bedeutenden Maße mitwirken – und das in unserer heutigen Zeit! –, daß es in einer Gemeinschaft von siebzig bis hundert Personen zumeist nur zehn – was sage ich – kaum fünf gibt, die einer wirklichen Berufung folgen.« – Jérôme fühlte sich persönlich getroffen, jedoch zogen ihn derartige Schlußfolgerungen zu sehr in den Bann, um nicht sofort große innere Teilnahme daran zu empfinden, auch wenn er sie kurze Zeit später als falsch von sich weisen mußte. Er befand sich dabei in einem Zustand inneren Grolls, den er gegenüber denjenigen hegte, von denen er glaubte, daß sie kein Verständnis für seine eigene Berufung aufbrächten. Diese innere Verfassung brachte ihn dazu, erneut die Institution selbst in Frage zu stellen, in der es ihm nicht gelang, heimisch zu werden.

»Woran erkennt Ihr eine wirkliche Berufung, da es, wenn ich Euch recht verstanden habe, Eurer Meinung nach keine Stimme von oben gibt, die den ruft, der sie deutlich genug zu hören glaubt, um ihr zu folgen? Und wie kann es der Kirche, die in ihrer Gesamtheit den Ruf dieser Stimme vernahm und diejenigen aufnimmt, die ihm folgen, einfallen, jemanden um Rat zu fragen, der den Ruf für eine Illusion hält, weil es diese Stimme nie gegeben haben soll? – Ich bestreite weder die Existenz des *Phänomens* noch seine Erscheinungsform in der Welt, welche der Mensch auf der Basis dieses Phänomens aufgebaut hat. Nein, darum geht es nicht. Ich sehe dafür lediglich einen anderen Ursprung als jenen, nämlich die Kräfte, die diesen unendlichen und unveränderlichen Raum der menschlichen *Psyche* bewohnen. Deshalb komme ich mit der Kirche bis zu einem gewissen Grad gut aus; die Kirche bringt mir ihrerseits Vertrauen entgegen und schätzt mein Urteil, wenn es zu erkennen gilt, ob es für diese oder jene Person keinerlei Hemmnisse gibt, der Welt völlig zu entsagen, in diesen Todeszustand einzutreten, ohne daß weder dieser Tod noch der Habitus, der ihn für die übrigen Menschen und für den, der ihn anzulegen wagt, symbolisiert, zu einer Maske wird, zu Verkleidung einer seelischen Kraft gegenüber einer anderen. – Mit einem Wort: Für eine wirkliche Berufung – anders als mit diesem herkömmlichen Wort kann man es nicht bezeichnen – und eine gültige Anwort auf diesen Ruf muß man die Worte des Meisters verstanden haben, wenn er uns auffordert, ihm nachzufolgen. *Oboediens usque ad mortem crucis* ist nichts anderes als der Ausdruck völligen Gehorsams eines liebenden Sohnes. Am Kreuz – diesem Ort der Vereinigung – umfaßt er seine Mutter und den Tod, zu dem er uns eingeladen hat. – Wollt Ihr damit sagen, daß die Kirche ... , fragt Jérôme, wollt Ihr damit sagen, unsere Heilige Mutter Kirche wäre lediglich das Bildnis ... – Die Kirche sagt nicht, was sie ist, sagt M. Persienne, aber sie weiß, daß ich es weiß.«

Wenn Jérôme, der sich darüber wundert, wie ein atheistischer Priester seine Ratschläge an die Diener des Herrn weitergeben kann, sich gezwungen fühlt, seinem Mentor von diesem Gespräch zu berichten, wird jener zunächst den Atheismus von M. Persienne in Zweifel ziehen, um dadurch zu dem Schluß zu kommen, daß es durchaus legitim sei, M. Persienne um Rat zu fragen. Die Kirche verlangt vom »Gnadentod«-Abbé nichts weiter, als in ihrem Namen zu dienen. Auf welche Weise er auch immer die sakralen Handlungen interpretiere, stehe es ihm nicht zu, das priesterliche Siegel von sich abzustreifen, denn seine Bedeutung durchziehe selbst die Handlungen eines atheistischen Priesters. Ganz im Gegenteil: Sobald es dem Menschen einfalle, im Namen seines eigenen Denkens zu sprechen (aber was sei schon menschliches Denken? Seine Seele gehöre ihm deshalb nicht in größerem Maß als der Stempel, der ihr aufgedrückt sei. Nur sei ihm das nicht bewußt, was er auch trotz seiner Hellsichtigkeit sagen mag) – sobald er für sich spreche, werde er zum *Prüfstein* des Glaubens der *Patienten*. Die Kirche könne es für angezeigt erachten, sie ihm anzuvertrauen, was weitaus gerechter sei, als sie – wie früher – der weltlichen Macht auszuliefern. Die individuelle Art und Weise, wie der »Gnadentod«-Abbé die menschliche Natur begreife, sei bis zu einem gewissen Grad strenggläubig; sie falle in die Unterscheidung zwischen irdischer und überirdischer Ordnung. M. Persienne spreche von einer Natur des Menschen, über die die Gnade nicht gekommen wäre. Das Entscheidende sei hier für die Kirche, ihm das Sterben zu lehren. Sie müsse zeigen, daß der Mensch von Gottes Gnaden durch den Kreuzestod zum Leben bestimmt sei. »Was für uns so wertvoll ist, sagt Jérômes Mentor, ist die Tatsache, daß M. Persienne nicht die Gnade bei einem Mann oder einer Frau erkennt, denn dazu ist er nicht fähig; doch erkennt er ihre *Orientierung* durch die Gnade. Sei versichert, daß solche Seelen gegenüber allem, was er über diese einfache Erkenntnis hinaus versuchen würde, gewappnet sind. Entweder hat die Gnade den Hochmut tatsächlich mit der Wurzel entfernt und die Demut in die Seele verpflanzt, oder die Seele ist bloß ein schöner Schein, den M. Persienne um so leichter entlarven wird, da er sich vielleicht selbst zu dessen Opfer gemacht hat.«

Jérôme glaubt, daß er in seine eigene Falle geraten ist. Er wollte in Erfahrung bringen, mit welchen Mitteln er verstärkt auf sich selbst und andere einwirken könnte. Argwöhnisch hielt er seinen eigenen inneren Drang für eine magische Kraft. Wenn er sich durch seinen Besuch bei M. Persienne darüber Klarheit verschaffen wollte, so hoffte er, auf etwas Vergleichbares zu stoßen, das seine Machtgier hätte stillen können. Er hatte es für möglich gehalten, zusammen mit Beelzebub den Teufel im Namen Gottes auszutreiben. Doch die Worte M. Persiennes haben ihm verdeutlicht, daß man eine Wahl treffen mußte. Da die Kirche entschieden hat, daß für sie der »atheistische« Priester und der Therapeut in der Gestalt von M. Persienne zwei unterschiedliche Bestandteile sind, versuchte Jérôme durch die treibende Kraft seines eigenen Dämons beide miteinander zu vermengen. In seiner Enttäuschung begab er sich eilends zu seinem Mentor, um seiner Empörung freien Lauf zu lassen, denn dadurch schützte er sich vor seinem eigenen Trugbild, das er einen Moment lang leibhaftig vor sich zu sehen geglaubt hatte. Aber diese Empörung verrät ihn. Wie wohl hatte er sich doch in seiner Eigenliebe gefühlt, als ihn M. Persienne in die Arme geschlossen und ihn betrachtet hatte, als ob er in ihm den einzigen verständigen Schüler gefunden hätte, und zu ihm sagte: »Sei umsichtig und gedulde dich noch zwei oder drei Jahre; danach wirst du selbst zum Wohle aller handeln. Laß dich durch nichts beirren – das ist alles, was *die* von dir verlangen.« Doch der Autor will Jérôme wahrhaftig in einem sehr schlechten Licht erscheinen lassen: Der Seminarist hat nicht einmal die innere Stärke, einer Weisung Folge zu leisten, und zwar weder der des »Gnadentod«-Abbés noch der seines Bischofs. Die Vorsehung bewirkt, daß seine Zweifel und seine innere Unsicherheit fortbestehen. Andernfalls wäre er ein »erheblich schlechterer Mensch als M. Persienne« geworden. Wie unwohl fühlt er sich nun gegenüber seinem Mentor, obwohl beide denselben Glauben teilen, wenn dieser ihm die Hände auf die Schulter legt und zu ihm sagt: *»Kannst du aus meinem Kelche trinken?«*

Warum ersinnt der Autor so zahlreiche Schwierigkeiten, um den Verzicht Jérômes auf das Priestergewand herbeizuführen? Genügte nicht ein einfaches Wort seines Mentors? Warum eine so behutsame Annäherung? Zunächst einmal deshalb, weil ein solcher Verzicht immer unerfreulichen und verleumderischen Aufruhr verursacht. Zweitens – und das ist hier das Entscheidende – ist dies eine äußerst delikate Operation. Es gilt zu vermeiden, daß der Verzicht die Revolte nach sich zieht – und genau diese Gefahr besteht bei Jérôme. Er soll lediglich aufhören, die Person zu sein, für die er sich hielt, und man muß ihn davon überzeugen, daß er die Rolle eines Schauspielers übernommen hat. Dabei geht es weniger darum, für einen Beruf geeignet zu sein oder nicht, meint der Autor; es sei schon schwierig genug, einem Menschen begreiflich zu machen, daß ihm das Talent für die angestrebte Laufbahn fehlt. Es ist vielmehr so, daß trotz der gekränkten Eigenliebe äußere Gründe vorliegen, die mit dem Menschen selbst, mit dem was er ist und noch werden könnte, nichts zu tun haben. Im Falle Jérômes ist die ganze Person betroffen; sie erscheint von heute auf morgen in den innersten Winkeln der Seele um so entblößter gegenüber seinem äußeren Sein, das er nicht nur scheinbar, sondern ganz offensichtlich verschleiert hat. Diese Person, die behauptete: Wo *ihr* lebt, bin *ich* tot, und wo ihr tot seid, lebe ich, muß nun zugeben, daß sie sich *totgestellt* hat und weitaus lebendiger war, wo sie den anderen das Leben vorwarf. Jérôme hat nicht gemerkt, so der Autor weiter, daß er sich den gefährlichsten und exponiertesten Bereich ausgesucht hat, den es auf der Welt gibt. Es handelt sich dabei um keinen Bereich wie zum Beispiel das Handwerk, wo die Individualität bei der Ausführung zum Tragen kommt. Es ist auch nicht wie in der Kunst, wo unser individueller Ausdruck mit der Notwendigkeit, sich verbergen zu müssen, spielerisch umgeht. Nein, in diesem Bereich kann man eben nur im Schleier des Todes auftreten, denn es ist der Bereich der Letzten Dinge.

Wenn ein Mensch den Habitus ablegen will, und diese Entscheidung nicht auf die klare Einsicht, kein Kirchenmann zu sein, zurückzuführen ist, wenn dieser Mensch ferner nicht das Gefühl hat, sich durch die Rückkehr in den Laienzustand Gott zu nähern, sondern im Gegenteil glaubt, ihn zusammen mit seinem Priesterstand zu verlieren, obwohl er doch diese Aufgabe nicht erfüllen kann, dann stehen seine Superioren vor einer schwierigen Aufgabe. Da dies häufig unendliche Geduld verlangt, vernachlässigt man ein behutsames Vorgehen. So werden zahlreiche Menschen aufgrund mangelnder innerer Reife und fehlender Menschenkenntnis seitens derer, die sie umgeben, irgendwann zu Gefangenen ihres Habitus und ihrer Handlungen. Sie tragen das priesterliche Siegel wie ein Sklave, dem ein fremder Dienstherr sein Zeichen in die Haut gebrannt hat. Jérômes Mentor möchte das seinem Schützling ersparen. Der Autor läßt ihn folgendes Selbstgespräch führen: »Das ist die Angelegenheit Gottes. Alle haben den Ruf erhalten – nicht aber die gleiche Gabe. Bei Jérôme wurde die Gabe der Intelligenz, infiziert durch unaustilgbaren Stolz, zu einer Scheinfrömmigkeit. Die Gourmandise eines alten Mannes, wie bei ihm und diesem Schwärmer La Montagne, *labt* sich an den Mysterien, anstatt daß die Intelligenz sie bewundernd betrachtet und sich darüber freut. Sicher, die Gourmandise und ihr Bedürfnis an Würze sind nur eine niedere Ausdrucksform des Hungers nach Gott. Der Drang, sich zu laben, muß also auf natürliche Weise gestillt werden; damit der Hunger unverfälscht sein kann, muß Jérôme bereit sein, sich selbst durch die Rückkehr auf die Basis der zuallererst irdischen Existenzbedingungen zu erniedrigen. – Ja er muß, sagt sich der Mentor, ganz einfach menschliche vor den heiligen Handlungen vollbringen, sehr bescheidene menschliche Dinge, vor denen er solche Abscheu hat, weil er sie für erniedrigend hält. Er muß an sich und für andere arbeiten; doch dazu bedarf es anderer innerer

Ansprüche. Bevor er sich um die Seelen sorgt, muß er zunächst lernen, eine einzelne, die sich in der Nähe zu einer Person zeigt, mit dem Herzen anzunehmen ... und aus freiem Willen dafür verantwortlich zu sein. Er muß es auf sich nehmen, ein ganz gewöhnlicher Mensch zu werden; auf diesem Weg kann er nie weit genug gehen. Sicherlich wird er selbst dann noch heucheln, doch diese Heuchelei verzeihen wir ihm gern. Das Inkognito wird eine Art Askese sein.«

Doch Jérômes Mentor ist nicht die Vorsehung in Person, und er muß zugeben, daß es – aus welch unerforschlichen Gründen auch immer – gottgewollt war, wenn Jérôme Kleriker gewesen ist. Er weiß ferner, daß die Vorsehung nur unter dem Deckmantel unserer Wünsche wirkt – er glaubt demnach, daß sie sich notwendigerweise mit dem vermischen muß, was er nun unausweichlich *aushecken* wird. Ist er denn Jérômes Mentor oder nicht? Er muß eingreifen; gelingt es, dann hat Gott es so gewollt. Gelingt es nicht, dann hat Gott es ebenfalls gewollt. Man stellt sich die Frage, ob der Autor hier einen Streit über den Begriff der Vorsehung beginnt oder sie karikieren will: Entweder war alles von vornherein so geplant, und die Wendungen in der Handlung sind eine Folge der Inszenierung; oder die Wendungen sind eine Folge von verschiedenen Initiativen, die die Komparsen im Stück ergreifen, ohne sich vorher untereinander abzusprechen. Wenn der Mentor von Gott gut beraten ist, dann wird er Jérômes Reaktionen ebenfalls zulassen. Doch der Autor möchte zeigen, daß sich der Priester keine falschen Vorstellungen über seine individuelle Freiheit macht und sich lediglich als Werkzeug höherer Mächte sieht, während Jérôme annimmt, frei zu handeln, wobei er selbst die

Maschen im Netz seines Beichtvaters nur enger zieht. Der Autor setzt hier erneut das Mittel des Irrglaubens ein, um das wirklich Überirdische durch die Entlarvung des scheinbar Überirdischen zu verdeutlichen. Aber wird er nach seinem Versuch, die Lage auf »analytische« Weise zu erklären, nicht dem altbekannten »freimaurerischen« Verfahren einer falsch verstandenen Mystifikation erliegen, da er nun von der Eigendynamik des Handlungsverlaufs mitgerissen wird? Versuchen die Personen, die Jérôme umgeben, ihn von der Vorstellung seiner Berufung zu lösen, ähnlich wie in Cervantes' berühmtem Werk, wo man bestrebt war, Don Quijote die Augen zu öffnen und ihn zu heilen, indem man seinen eigenen Wahnsinn überbot? Oder man kann auch an Schillers *Geisterseher* denken, wo der protestantische Prinz durch »Machenschaften« der Jesuiten schließlich bekehrt wird, nachdem man seinen Irrglauben zugunsten eines Skeptizismus beseitigt hatte. Vielleicht hat sich der Autor an diese beiden Vorbilder erinnert. Was hätte er nicht alles vollbringen können, wenn er nur einen winzigen Teil des Genies eines dieser beiden Dichter gehabt hätte!

Er hält es für angebracht, Jérôme einen letzten Fauxpas begehen zu lassen: Der Seminarist ist seiner zahlreichen Erfahrungen überdrüssig und möchte auf andere Gedanken kommen. Er könnte somit die Anspielungen vermeiden, mit denen man ihn nun aus dem Gleichgewicht bringen will. Der Autor hat sich bislang über Jérômes eigene Religiosität ausgeschwiegen und so gut wie nie seine Bitten und Gebete sowie seine Reaktionen auf die Vorschriften der Ordensregel beschrieben. Es fällt ihm daher sehr schwer, die Aufmerksamkeit des Lesers zu gewinnen, wenn er es plötzlich für notwendig erachtet, einen Jérôme zu zeigen, der unvermutet mit Wehmut an die Anfänge seines Noviziats zurückdenkt, der seiner damaligen Unbefangenheit gegenüber dem Heiligen Abendmahl ebenso nachtrauert wie dem Zwang, sich in einer Zelle einschließen zu müssen, mit der freudigen Aussicht, ein neues, ungetrübtes Leben zu beginnen. Da hilft es auch nicht, wenn er uns jetzt mitteilt, daß er nur in der stillen Morgenmesse einen kurzen Moment vollkommener Ruhe findet, daß er sich mit beinahe kindlicher Sorgfalt um den Kelch – diesem Quell der Stärke – für die Wandlung kümmert, und daß er nach Ende der Messe, wo er ministrierte, mit dem Priester alleine zurückbleibt, um diesen Zustand ungestörten Friedens, mit dem sein Tag beginnt, erheblich zu verlängern. – Der Leser ist darauf nicht vorbereitet. – Er befände sich dabei wie auf einem Bergesgipfel zur Morgenstunde, sich davor fürchtend, in die Niederungen trüber Gedanken hinabzusteigen. Wie blaß dieses Bild doch ist. Alles bleibt vage Andeutung, noch ist nichts wirklich geschehen. In der Makellosigkeit der gerade vollführten Handlungen fühlt er sich eins mit sich selbst. Er ist ein sehr verschlossener Mensch – auf diesen Punkt hätte der Autor näher eingehen sollen –, er schließt sich ein in den Bildern und Riten, durch die sich die unmittelbare göttliche Präsenz ausdrückt. Wie gerne würde er wenigstens diese Riten, in denen er Gott gehört und sich ihm nahe weiß, auf die übrige Zeit nach der Messe und seine neuen Begegnungen mit anderen Menschen ausdehnen. Aber unmittelbar nach dem Empfang der Hostie und dem Verlassen des heiligen Ortes ist er hilflos, auch gegenüber sich selbst; das Licht, das in sein Herz eindrang, wird

Gegenstand seines Denkens, der Neugier oder des Widerspruchs. Es wird zum Vorwand, um gegenüber denen rechtzuhaben, die daran zweifeln, daß er dieses Licht überhaupt gesehen hat – (was natürlich nicht nachprüfbar ist und eine unbewiesene Behauptung seitens des Autors bleibt). Wir ersehen daraus, daß Jérôme von sich aus M. Persienne, seinen Beichtvater sowie Mutter Angélique, La Montagne und die unvermuteten Begegnungen mit Malagrida meiden sollte. Noch kann ihn niemand zwingen, seinen Weg zu unterbrechen, denn er will *sehen* und *gesehen* werden. Es bleibt ihm verborgen, daß es ganz in seiner Nähe einen einzelnen Menschen gibt, der sich ernsthafte Gedanken um ihn macht. Schwester Théophile suchte vergeblich nach einer Möglichkeit, erneut mit ihm in Kontakt zu treten. Wenn ihr Mutter Angélique in der Tat von Jérômes Verwirrung erzählt hat, dann nur mit dem Ziel, die Schwester auf die Probe zu stellen. Doch Théophile, die als Mensch von aufrechtem und reinem Herzen beschrieben wird, reagiert nicht anders als mit argloser Begeisterung für die Berufung Jérômes, den sie früher in Verbindung mit libertinen Kreisen gesehen hatte. Schwester Théophile merkt, daß die Mutter alles daransetzt, um den Glauben Jérômes an seine Berufung zu zerstören. Dagegen kann sie nichts unternehmen; es bleibt ihr nur das Mittel, inbrünstig zu beten. So macht sie die Berufung des Seminaristen zur Hauptsorge ihres gegenwärtigen Lebens. Wahrscheinlich ergibt sich daraus ein Zustand innerer Unruhe, doch sie neigt dazu, dabei umso stärker an ihrer inständigen Frömmigkeit festzuhalten, je mehr sie sich gegen die heimlichen Anfeindungen der Mutter zur Wehr setzen muß. Ihre Abscheu gegenüber der Mutter drängt sie mehr und mehr dazu, Bußübungen, Opferbereitschaft und Kasteiungen aus Ergebenheit gegenüber dem zukünftigen Priesteramt des Seminaristen zu verstärken. Mutter Angélique, der dieser Eifer zu Recht oder zu Unrecht nur mißfallen kann, erlegt ihr »zur Besserung« Gegenbußen auf; sie zwingt sie zum Tragen weltlicher Kleidung und setzt sie unter dem Vorwand, Aufträge in der Zone der Schwarzen Partei ausführen zu müssen, einer äußerst unangenehmen Situation aus. Schwester Théophile soll Verdächtige abholen – man durchschaut nicht mehr, ob es sich dabei um Verdächtige dieses oder des anderen Lagers handelt –, mit ihnen reisen, sie in Absteigequartieren unterbringen und sich um ihre Verpflegung kümmern. Diese Aufgabe erledigt sie mit ebenso großem Eifer, denn nichts befriedigt ihren Hang zur Kasteiung und ihr Streben nach völligem Gehorsam mehr, als sich einer Superiorin unterzuordnen, der gegenüber sie sich bemüht, keine Abscheu zu empfinden.

Eines Tages jedoch läuft ihr Jérôme beim Verlassen des Institut Catholique unbemerkt über den Weg. Er bleibt stehen und wendet sich um, denn der Eindruck, sie erkannt zu haben, war um so stärker, als er sie vorher immer nur im Habitus ihres Ordens gesehen hatte. Er will ihr heimlich nachgehen, zunächst nur in der Absicht, Näheres über das Ziel ihres Weges in Erfahrung zu bringen. Als er den Boulevard erreicht hat, sieht er, daß sie in einen Durchgang einbiegt. Der Autor macht sich ein Vergnügen daraus, die Nervosität des Seminaristen zu beschreiben, wie er sich seiner Erwartungen schämt sowie die Art und Weise, wie er heimlich umherschleicht, bis sie nach einer ganzen Weile erneut auftaucht. Unter dem Arm trägt sie ein kleines Gemälde, das in einer Tüte verpackt ist. Kurze Zeit später wird er im Klostersaal in aller Ruhe einen Ausschnitt des kleinen Bildes freilegen können und erkennen, daß es sich um ein Werk Malagridas handelt: Das Haupt La Montagnes, das von der päpstlichen Tiara gekrönt wird, ist bis ins letzte Detail ausgestaltet. Die »Verdächtigen«, um die sich Mutter Angélique so große Sorgen macht, würden sich demnach auf eine einzige Person beschränken, auf diesen verdammten Malagrida, den die Mutter in irgendeinem Atelier einquartiert hätte. Jérôme wird später erkennen, daß die Mutter obendrein zur Abhärtung von Schwester Théo nicht davor zurückgeschreckt hat, sie in Kontakt mit diesem Individuum zu bringen, das ihr damals Gewalt angetan hat. Da Schwester Théo folgsam wie ein Lämmchen ist und die Nächstenliebe auf die Spitze treibt, wird sie den Libertin Malagrida nicht nur mit Speisen versorgen; sie wird ferner damit beauftragt, Botschaften zu übergeben und die Antworten der Mutter zu bringen, natürlich ohne zu wissen, welche Machenschaften sie dabei unterstützt. Die ausweichende Antwort der Mutter auf Jérômes Frage bezüglich Malagridas plötzlichem Verschwinden beweist ihm, daß sie es nicht immer für angebracht hält, ihn in alles einzuweihen, wobei sie nach eigenem Gutdünken verfährt, ihm ein Geheimnis mitzuteilen oder nicht. Schwer verärgert entschließt sich Jérôme, Schwester Théo bei ihrem nächsten Botengang abzupassen. Er geht ihr voraus, stellt sich an das vordere Ende des Durchgangs und taucht in dem Moment vor ihr auf, als sie mit einem Korb voller Nahrungsmittel in den Durchgang einbiegt. In entschiedenem Ton, der ihm ansonsten häufig abgeht, spricht er sie an und schlägt ihr vor, sich um die Lebensmittel zu kümmern, da er angeblich sowieso Malagrida dringend aufsuchen müsse. Vor allem möchte er ihr das »Treppensteigen ersparen«. Die Schwester macht keinerlei Schwierigkeiten, vermutlich um Jérôme nicht zu beleidigen, fügt aber sogleich hinzu, daß sie ohnehin hinaufgehen müsse, denn das sei ihr ausdrücklich befohlen worden. Außerdem seien Malagrida und sie »gute Freunde« geworden; sie habe ihn während eines starken Fieberanfalls pflegen müssen und putze häufig bei ihm, denn das Atelier gehöre doch dem Kloster etc. Der Autor gibt bei dieser Gelegenheit einige Hinweise zu Schwester Théos Aussehen: eine hochgewachsene junge Frau in einem enganliegenden schwarzen Mantel, mit blassem Teint und hellen Augen, deren Ausdruck unvermutet zwischen größter Strenge und völliger Schalkhaftigkeit wechselt. Jérôme ringt aus Wut und Aufregung nach Atem. Malagrida zeigt sich jedoch keineswegs überrascht, als beide zusammen bei ihm eintreten. Vor den Augen des verdutzten Seminaristen nimmt er aus den Händen der Schwester einen Brief entgegen und steckt ihn ein, während er äußert, daß er auswärts zu Abend essen werde. Da die Schwester annimmt, daß Abbé Jérôme das umfassende Vertrauen der Mutter genießt, um die Mitteilungen entgegenzunehmen, die ihr Malagrida zukommen lassen möchte, verläßt sie sogleich das Atelier. Malagrida öffnet den Brief und geniert sich keineswegs, ihn laut zu kommentieren; er stammt von Schwester Vincent. Er sagt zum Seminaristen, er sei darüber verwundert, daß die Mutter nicht besser Jérôme diese Mitteilungen anvertrauen würde. Hier sei er nicht sehr viel freier als im Kloster selbst, und Schwester Théo sei unter dem Vorwand, sich um seinen Haushalt zu kümmern, vermutlich mit seiner Überwachung beauftragt. »Jeden Tag hoffe ich, daß ›Vincent‹ bei mir eintritt, und immer ist es diese ›Bohnenstange‹ Théo.« In den Worten Malagridas verbirgt sich eine heimliche Spitze gegen Jérôme, denn dieser weiß um die zwiespältigen Gefühle des Malers hinsichtlich der ehemaligen Assistentin von Carpocratès. Jérôme weiß nicht, was ihn am meisten anwidert: daß man die arglosen Botendienste von Schwester Théo ausnutzt, oder daß die Mutter sie mißbraucht, um La Montagnes Nichte in den Schmutz zu ziehen. »Sie ist für dieses Leben nicht geschaffen, amigo mio«, meint Malagrida, der gegenüber dem Seminaristen immer rückhaltlos offen war. Doch Jérôme rennt hinunter auf die Straße, ohne zu wissen, in welche Richtung er sich wenden sollte. Wird er zu seinem Mentor gehen, wie es der Verstand verlangen würde? Mitnichten. Unbewußt geht er auf La Montagnes Haus zu, wo er mit lautem Geschrei, dem Geschrei eines religiösen Fanatikers (so der Autor) empfangen wird: »Du bist es, den die Mutter anklagt, zwischen diesem Betrüger und meiner Nichte zu vermitteln! Du, ein zukünftiger Priester! Mein armer Freund, worauf wartest du, um deine Soutane an den Nagel zu hängen?« Jérôme hat nicht bedacht – meint der Autor –, daß das Telefon im Konflikt zwischen den Verehrern und der Schwarzen Partei eine wichtige Rolle spielt, ganz besonders aber im Leben von Mutter Angélique und La Montagne. Wenngleich Jérôme auch versucht, ihm die Gründe für seinen unglücklichen Gang zu Malagrida zu erklären, so glaubt er doch selbst nicht mehr an seine Schuldlosigkeit. La Montagne verläßt sich offenbar sehr auf das Mittel der Einschüchterung und bezeichnet ihn seinerseits als Betrüger, um unmittelbar danach aufzuschluchzen und Jérôme umarmen zu wollen. Doch Jérôme ist durch die anfänglichen Schmähungen aufs äußerste verletzt und eingeschüchtert durch den tiefen Schrecken, den das plötzlich veränderte Verhalten La Montagnes in ihm hervorgerufen hat, wenngleich er selbst der Auslöser dafür ist. Er flieht, um sich endlich zu Füßen seines Mentors zu werfen. Doch auch hierbei kommt ihm ein Telefonanruf zuvor: Mutter Angélique fragte beim Pater an, ob sein Schützling, den sie gütigerweise bei sich aufgenommen habe, als Spion der Schwarzen Partei oder der Verehrer zu betrachten sei oder nicht. Seit wann unterstehe sich der Seminarist, das Kommen und Gehen ihrer Mädchen zu überwachen? Als Mentor sei es nun seine Aufgabe, die notwendigen Konsequenzen zu ziehen. Die gute Laune des Paters war jedoch unerschütterlich. Jérôme glaubt ein zufriedenes Leuchten in seinen Augen zu erkennen. Nur sehr behutsam macht er Jérôme wegen seiner Ungeschicklichkeit Vorhaltungen; er hätte auf keinen Fall zu Malagrida gehen sollen. Aus Furcht vor La Montagne will die Mutter nun die ganze Angelegenheit Jérôme zuschieben, dessen Beziehungen zu Malagrida offenkundig sind.

Als nächstes wird das Verfahren aufgezeigt, das man an höchster Stelle angewandt hätte, um *aus dem Seminaristen einen anderen Menschen zu machen.* Dieses Verfahren ist vor allem der Einbildung des Autors zuzuschreiben, der die klare Linie verliert, indem er uns glauben machen will, daß sämtliche Peripetien von Anfang an so geplant gewesen wären. – Aber wie könnte das Denken die Tatsachen erfassen, wenn es sich nicht zu ihren Gunsten verrechnen würde? Sehen wir darin eine

Art paranoider Vorstellung, die bereits bei der mühsamen Ausarbeitung inquisitorischer Umtriebe gegen die Sodomiten unter den Verehrern an den Tag gekommen war, und die nun die Demontage des ganzen Räderwerks eines geistlichen Schauspiels vollendet, das in Wirklichkeit nur in der fordernden Einbildung des Autors und seines Protagonisten existiert.

»Aber warum bist du eigentlich Schwester Théophile gefolgt?, fragt der Pater unvermittelt. Hat die Mutter nicht das Recht, über ihre Mädchen zu bestimmen? – Ich verstand weder diese einzelnen Botengänge noch den Grund, warum sie zu Malagridas Atelier führten. – Bestürzt Euch das so sehr, Monsieur l'Abbé? (Jérômes Beichtvater weiß natürlich, daß den Seminaristen die früheren Dreistigkeiten Malagridas gegenüber Schwester Théo innerlich zu sehr beschäftigten; er hat ihm zu leidenschaftlich davon erzählt, um zu verdecken, was sein Bewußtsein noch nicht berühren konnte). Das soll dich nicht länger verwirren. Indem dich die Mutter bei La Montagne anklagt, stützt sie eine Lüge lediglich durch eine zweite.«

Daraufhin teilt der Beichtvater Jérôme mit, daß die Intrige zwischen Malagrida und La Montagnes Nichte bis ins kleinste vom Maler und der Superiorin geplant gewesen sei, wie sehr sich beide von Beginn an darin einig gewesen seien, Jérôme auf eine falsche Fährte zu locken, nämlich ab dem Zeitpunkt, als Malagrida den Seminaristen heuchlerisch angefleht hatte, ihn mit der kleinen »Vincent« zusammenzubringen; wie augenfällig es sei, das Malagrida, der die junge »Théo« mit allen Mitteln provozieren wollte, davon der Mutter bedenkenlos erzählt haben müsse; wie die Mutter – weil uneins mit Schwester Théo, die vorübergehend die

Meisterin der Novizinnen war – versuche, in ihr Gefühlszweifel hervorzurufen, um sie »auf die Probe zu stellen«; wie die Mutter in Théos Kasteiungsabsicht ihre fromme Anteilnahme am Schicksal des Seminaristen erkenne und versuche, durch auferlegte Gegenbußen »das Steuer herumzureißen«, indem sie sich um den Haushalt des Malers kümmern soll, wodurch dieser noch mehr Spielraum gewinne. Wie der Spanier niemals die Grenzen der Vorsicht überschreite, denn er sei zu sehr auf die Mutter angewiesen, die nur zu gerne Katz und Maus mit ihm spiele; und daß schließlich Théo – die für die Beharrlichkeit der beiden unempfänglich blieb – deren Bestrebungen in völliger Reinheit des Herzens durch mangelnde Auffassungsgabe nur habe vereiteln können.

Indem der Pater Malagridas Intrigenspiel vor Jérômes Augen ablaufen ließ, entfacht er in ihm die Glut der Eifersucht, er saugt buchstäblich den »Malagrida« auf, der sich im tiefsten Innern Jérômes befindet und den er nun buchstäblich ausspeien wird.

Aber als sich La Montagne, nachdem er von der List erfahren hatte, sich vielleicht nie sehr große Sorgen um seine Nichte machte, so ist er um so besorgter um denjenigen, den er als Betrüger bezeichnet hat – nicht der Seminarist, sondern der Maler –, denn er verschließt sich den seiner Meinung nach falschen Tatsachen. Malagrida hat sich sehr verändert, seitdem er von dieser Frau abhängig ist. Unaufhörlich erzählt er jedem, daß die Mutter Angélique den Spanier behext habe; und wenn sie versuche, Jérôme zu schaden, dann wolle sie damit einen lästigen Zeugen loswerden. Da sie eine behexte Hexenmeisterin sei, müsse man sie von ihrem eigenen bösen Zauber erlösen; das sei aber nur dann möglich, nachdem man sowohl den Maler als auch die Mädchen aus ihrem Kloster entfernt habe. Um Mutter Angélique in die Enge zu treiben, fingiert man ein Einverständnis mit ihrer jüngsten List; doch alles Vortäuschen ist bloßer Schein, meint der Autor, denn man war sehr nahe daran, ihrer Zauberkraft erneut anheimzufallen. Und dies gilt zuallererst für Jérôme, der leider allzuleicht beeinflußbar ist, obschon er von La Montagne gewarnt und dieser bereit war, ihm weiterhin sein Vertrauen zu schenken, wenn er nur Malagrida zurückbringen könnte. Doch Jérôme ist trotz der verleumderischen Beschuldigung empfänglicher für die Reue der Mutter, die den Seminaristen nun glauben machen will, daß ihr Telefonanruf ein Hirngespinst La Montagnes aus Eifersucht war. In der Absicht, das Vertrauen des jungen Abbés zurückzuerobern, sagt sie zu ihm, daß seine Anwesenheit bei ihr so notwendig wie nie sei, und daß sie ihm einen bedeutenden Plan zu unterbreiten habe. Da die Mutter spürt, daß ihre Position ins Wanken gerät, will sie ein letztes Mal Verwirrung stiften. Ohne den geringsten Hinweis auf die Herkunft – um der Zensur durch die Inquisition zu entgehen – werde man eine Art Monographie in Pamphletform publizieren, die eine Auslegung des Freskos zum Gegenstand habe; die Mutter und der Seminarist seien die alleinigen Autoren. Jérôme werde seine eigenen Gedanken über die starke Zunahme der Verehrung, die dem Glauben schade, zu Papier bringen, während sie selbst für die Notwendigkeit eintreten werde, daß Priester heiraten. Malagrida werde das Ganze mit einer Handpresse drucken und mit emblematischen Darstellungen illustrieren. Jérôme fühlt sich in seinem Ehrgeiz geschmeichelt und geht um so schneller darauf ein, als ihm die Mutter dadurch – zwar stillschweigend, aber doch offenkundig – die Möglichkeit eröffnet, sich zwischen den Maler und Schwester Théo zu stellen. Da die Mutter nach außen hin das kirchliche Leben gezwungenermaßen oder freiwillig aufgeben wird, bringt sie die Bombe zum Platzen. Während sich Jérôme an die Arbeit macht, davon überzeugt, daß nur er selbst und die Superiorin eingeweiht sind, wird jene ihren Vorschlag – unter dem Siegel der Verschwiegenheit – allen anderen und in unterschiedlicher Form unterbreiten, wodurch sich der jeweils angesprochene für den einzigen Mitstreiter hält. So befinden sich alsbald alle im selben Boot, von dem jeder glaubt, daß er es allein mit Mutter Angélique steuert. Sie befürchtet keine stürmische Unterredung mit La Montagne, der seinerseits ohne Jérômes Wissen angesprochen wurde und einwilligte, aus Gründen, die wir später noch sehen werden. Einzelne Mitarbeiter der Schwarzen Partei haben unabhängig voneinander ihre Mitarbeit zugesagt; somit ist die Schwarze Partei bereits eingeweiht. Sie unterstützt das Projekt, denn durch das veränderte Verhalten der Mutter liegt darin eine Möglichkeit, La Montagne und die Verehrer zum Sprechen zu bringen – denn ihre Anhänger sowie ihr Initiator glauben, eine Kriegsmaschine gegen die Schwarze Partei auf ihrer Seite zu haben. Mutter Angélique hat jedoch nicht damit gerechnet, daß sie sich in ihrem Netz verstricken würde und sich einige der Eingeweihten – zufällig oder absichtlich – zusammenschließen könnten. Alle sagen, ein Geheimnis zu hüten, doch niemand bricht das gegebene Versprechen. Bis jemand von der Möglichkeit spricht, daß es sich um ein und dasselbe Geheimnis handeln könnte.

Möchte uns der Autor etwa glauben machen, daß sich die Kirche der Methoden des Intelligence Service bedient, oder daß dieser nur eines der zahlreichen weltlichen Gegenstücke zum Heiligen Offizium der Inquisition ist? Als der immer noch ahnungslose Jérôme den Brief seines Mentors erhält, in dem er aufgefordert wird, bei einer stillen Messe für *Mutter Angélique* zu ministrieren, ist er zugleich verlegen und verwirrt. Zunächst einmal deshalb, weil er seine Entscheidung nun für »getroffen hält«; er bedauert es außerordentlich, seinen gerade verfaßten Text Malagrida ausgehändigt zu haben, denn aufgrund dieser »Entscheidung« ist die anonyme Urheberschaft sinnlos geworden. Aber was hat es mit dieser Messe für Mutter Angélique auf sich? Er verläßt das Nebengebäude des Klosters, wo er untergebracht ist, geht in den Aufenthaltsraum und trifft dort auf Schwester Vincent. Wo ist Mutter Angélique? Die Schwester sieht ihn erstaunt an und wundert sich über seine Unkenntnis der jüngsten Ereignisse. Sie erklärt ihm, daß die gesamte Gemeinschaft auf Ansuchen der Superioren säkularisiert wurde; aus Angst, damit bereits zuviel verraten zu haben, empfiehlt sie ihm strengstes Stillschweigen. Außerdem werde er die Mutter selbst antreffen, wenn sie mit Schwester Théo wieder zurück ist; beide seien ausgegangen. Und da keine von beiden auftaucht, verbringt Jérôme eine schlaflose Nacht, findet erst kurz vor Tagesanbruch ein wenig Schlaf und kommt dadurch mit großer Verspätung zur Kapelle im Haus seines Mentors. Die Messe hat bereits begonnen, der Zelebrant liest gerade das Evangelium. Die Teilnehmer an der Messe stehen im Halbschatten; unter ihnen erkennt Jérôme auf der einen Seite La Montagne, ihm gegenüber Schwester Théo mit einigen Mädchen aus dem Kloster. Eilends streift der Mentor Jérôme eigenhändig ein Chorhemd über die Soutane und kehrt in dem Moment zum Altar zurück, als der Priester den Kelch enthüllt und emporhebt. Jérôme, der ihn dabei von der Seite sieht, ist wie vom Blitz getroffen: Ja, das ist *er,* trotz der Tonsur, das sind diese flammenden schwarzen Augen, das ist dieses lange ausgemergelte Gesicht, wenngleich der Schnurrbart abrasiert ist. In ängstlicher Neugier wartet Jérôme darauf, daß er beim *orate fratres* die Arme ausbreitet, um sein Gesicht von vorne zu sehen; ja, das ist *er.* Und dann hört er aus *seinem* Mund die segnenden Worte. *Er* ist es also, der diese Macht innehat, nach der Jérôme durch all die großen Qualen hindurch strebte. Ist es wirklich wahr, daß *seine* langen, geschickten Finger, die Jérôme früher voller Mißtrauen betrachtet hatte, daß *seine* Finger den Leib Christi halten, den *er* nun Jérôme reicht? Jetzt legt *er* ihm die Fleischwerdung des Wortes auf die Zunge – und Jérôme, dem vor Aufregung ganz heiß geworden ist, möchte sofort laut hinausschreien, um sich Luft zu verschaffen. Er muß seine letzten Kräfte aufbieten, um sich aufrecht zu halten, denn ein heftiger Schwindel erfaßte ihn im Verlauf der letzten Meßhandlungen. Die Messe ist vorbei, das letzte Evangelium gelesen. Im Augenblick sieht ihn Jérôme noch neben sich, wie er kniend und mit geschlossenen Augen die letzten Gebete spricht, sich dann erhebt, die weiße Kapuze über den Kopf zieht und wartet, daß ihm Jérôme auf dem Weg in die Sakristei vorangeht. Jérôme spürt in diesem Moment, daß er einen festen Halt benötigt; er sieht sich suchend nach Schwester Théophile um, kann sie aber unter den Anwesenden nicht mehr entdecken – und er fährt zusammen, als er merkt, daß *er* ihn dabei beobachtet. Sie betreten, gefolgt vom Mentor, die Sakristei, und als Jérôme den Mentor hinter seinem Rücken sagen hört: »Dom Malagrida, Inquisitor des Glaubens«, murmelt ihm der Spanier mit süßlicher Stimme ins Ohr:

Wir haben nicht mit Fleisch und Blut zu kämpfen, sondern mit den bösen Geistern droben im Himmel.

Wie konnte der Autor übersehen, daß dieser überraschende Umschwung seine mühselige Konstruktion zum Einsturz bringen kann? – fragt sich der Leser, der diesen platten Gag vom Detektivroman kennt. Sollen wir etwa »schlucken«, daß ein Mönch, unabhängig von seinen geistigen Fähigkeiten und der Ehrfurcht, die seine Frömmigkeit an höchster Stelle gebietet, vom Heiligen Offizium den äußerst heiklen Auftrag erhalten hätte, die Rolle eines Avantgarde-Malers und Libertins zu spielen, bloß um einerseits die liederlichen Kreise auszuforschen sowie andererseits die umfangreichen Schichten der Glaubenstreuen zu überwachen – all das unter dem Vorwand, daß die beiden gegensätzlichen Gruppierungen untereinander durchlässig geworden seien? Daß dieser Mönch ein hochbegabter Maler sein kann, mag noch durchgehen; daß er die Zeit fand, sich in Stilstreitigkeiten einzumischen, Ausstellungen vorzubereiten und sich in Werbeskandale zu verstricken, scheint durchaus möglich zu sein. Aber sind Malagridas Taten und Worte, wenngleich sie bloßer Schein gewesen sein könnten, seitens eines Mönchs denkbar? Kann man sich vorstellen, daß er die Gegenstände des Glaubens verhöhnt, um eine Frevelei zu fingieren, zu der er doch überhaupt nicht anstiften muß? Vielleicht wird uns der Autor sagen: warum? Weil Malagrida der Inquisitor ist. Aber wenn der falsche Libertin der Inquisitor ist, warum behauptet dann nicht auch Mutter Angélique, die weit davon entfernt ist zuzugeben, eine falsche Schlange zu sein, daß sie ihren Auftrag gebührend ausgeführt hat? – wenn es wirklich so ist, daß sich die geistliche Macht an die Sitten der Häretiker und Frevler gewöhnt und mit ihnen ebenso verfährt wie die weltliche Macht mit den Sitten der Verbrecher. Wo steht geschrieben, daß der Engel des Lichts in Finsternis übergehen muß, nur weil der Fürst der Finsternis zum Engel des Lichts wird? Aber vielleicht will uns der Autor verdeutlichen, daß unser Unverständnis genau dasjenige von Jérôme und Mutter Angélique ist; und wenn die Wahrheit im Munde des Lügenpaters Lüge bleibt, so ist die Lüge doch immer eine Wahrheit im Munde der Wahrheit.

Der Autor fügt jedoch hinzu, daß unsere Einwürfe um so unberechtigter sind, als er noch auf etwas anderes abzielt. Die einfache Tatsache, in Malagrida den gefürchteten und ersehnten Inquisitor zu erkennen, den Priester, der er selbst werden will und nicht werden konnte, da er den Inquisitor auf den Plan rief, bewirkt ein sofortiges Einstürzen seines Gedankengebäudes. Die Bande zwischen Malagrida und Schwester Théo sind nicht länger die gefürchtete Konstellation, sondern eine andere, die er an ihre Stelle setzt, nämlich die faktische geistige Verwandtschaft zwischen der Schwester und der Inquisition.

Jérôme spürt in sich das Brodeln eines unwiderstehlichen Strudels aus Worten, mit denen er alle in die Tiefe zu reißen glaubt, so wie man ihn selbst in die

Tiefe gerissen hat: »Usurpator Christi, ich werde deinen Fängen entgehen«, brüllt er; da er aber mehr stammelt als deutlich artikuliert, hofft er seine Beleidigung durch eine Umschreibung zurückzunehmen: »Ich verlasse Rom.« Während Jérômes Mentor wie versteinert ist, legt der Mönch einen Finger auf das Meßgewand, das er immer noch übergezogen hat, und sagt mit einem Lächeln auf den Lippen:

»Rom, du einziges Ziel meiner *Rache* ...«

Dergestalt wäre Jérômes Entscheidung gewesen, auf die der Autor vorher angespielt hat. Anstatt sein Versagen in aller Bescheidenheit einzugestehen, hätte er seine Soutane nur deshalb anbehalten, um sie seinem Superior zum richtigen Zeitpunkt ins Gesicht zu schleudern mit den Worten: »*Ihr* habt versagt!«

Malagrida legt ihm seine Hände auf die Schultern und sagt mit der gleichen aufreizenden Ruhe zu ihm: »Ich kann dich nicht aufhalten. Geh also und nimm den Weg zu Gott, der dir als der wahre und richtige erscheint. Du mußt wissen, daß du dich noch nicht in ausreichendem Maße kennst, und du mußt dich erst selbst kennenlernen – du wirst zurückkommen.« Möglicherweise mißt der Autor den Worten des Inquisitors eine gewisse Bedeutung bei, da er sie so deutlich hervorhebt. Bereits die Konflikte Jérômes mit den Dogmen hatten den Leser nicht über die Maßen gefesselt. Ob der Seminarist zum Ketzer oder sonst etwas wird – daran liegt uns wenig. Und warum? Weil dies keinerlei äußere Vergeltung nach sich zieht – und weil überhaupt nicht erkennbar ist, was daran dramatisch sein soll, denn die Inquisition entzündet keine Scheiterhaufen mehr, es sei denn in den Herzen der Menschen. Es erfordert weit größeren Mut, die kommunistische Partei zu verlassen, denkt sich der Leser, und der Erzähler fühlt sich mit seiner Geschichte ernstgenommen. Doch vielleicht bekommen hier die hervorgehobenen Worte einen Sinn: Die Handlung brächte eine heimliche Sehnsucht Jérômes nach den Kerkern der Inquisition zum Ausdruck, während die Worte, indem sie das Fehlen jeglichen äußeren Zwangs andeuten, voraussetzen, daß Bestrafung und Zwang – die lediglich von der Person verinnerlicht wurden, die gelernt hat, sich nach ihrem Denken zu beurteilen und nach ihren Taten beurteilt zu werden, die sie infolge ihres Denkens vollbringt – weitaus schwerwiegendere Folgen für das Selbstgefühl nach sich ziehen als die Übertretungen der Anhänger gegenwärtiger Pseudoorthodoxien. Da letztere ausschließlich durch grobe Einschüchterungsmethoden entstanden sind und allein auf äußerer Bedrohung beruhen, so hat in den möglicherweise dafür empfänglichen Personen oder gar in den gewaltsam unterworfenen Gegnern, die dahin kommen, sich gemäß den Inhalten dieser verfälschten Kirchenlehren zu beurteilen und anzuklagen, die animalische und nicht die geistige Angst schließlich die Oberhand gewonnen. Die Verbreiter dieser Pseudoorthodoxien wissen jedoch sehr genau, daß sich innerhalb der Kirche nur die Personen, die sich ihrer Strenge unterwerfen, beurteilen und ihrer unsichtbaren Gedanken sowie ihrer versteckten Handlungen anklagen, denn der geheimste Winkel in ihnen, der dem Zugriff der äußeren Mächte am unzugänglichsten ist, hängt von der kleinsten Veränderung ihres Denkens ab. Die Kirche selbst kann nicht wissen, was in den Seelen der Gläubigen vor sich geht; da ihre Autorität im Herzen des Menschen begründet ist, liegt die Wirkung der Beichte im Urteil, das der Gläubige in seinem geheimen Innern über sich selbst fällt. Betrete den Beichtstuhl wer möchte, und bleibe derjenige draußen vor der Tür, der nicht eintreten will – aber der Beichtstuhl selbst wird existieren, solange es die Selbstbefragung jedes einzelnen Menschen gibt. Die Pseudoorthodoxien können höchstens ein Ziel erreichen: die Vernichtung des Denkens durch physischen Terror – aber in diesem Fall bringen sie ausschließlich Roboter hervor. Dies haben ihre Förderer jedoch keinesfalls beabsichtigt. Ihr Traum war die Schöpfung von Seelen, und zwar Seelen, die sich in ihrem Innern befragen und sich vor ihren Schöpfern verantworten; doch vor ihnen stehen nur zuckende Hüllen. Wie groß muß ihre eigene Abscheu davor sein, die Türen der Folterkammern, die ihnen die Inquisition gerne überläßt, erneut aufzuschließen. – Warum läßt er mich gehen? wundert sich Jérôme, der sich offenbar der »Kardinalsfrage« unterziehen möchte. – Wenn er die unbestreitbare Wahrheit kennt, müßte er sie mir dann nicht aus christlicher Nächstenliebe mit dem glühenden Eisen einbrennen? Oder mich wenigstens *einsperren*? Die Schwarze Partei war da weitaus konsequenter. Doch die Schwarze Partei gibt es nicht mehr und hat es nie gegeben. »Jérôme ahnt nicht, meint der Autor, daß ihn sowohl der Kerker als auch das glühende Eisen noch erwarten würden.« Damit könnte die Erzählung zu Ende sein, aber sie bringt uns noch diesen abschließenden Beweis.

Jérôme findet die Mutter äußerst »gutgelaunt« vor. Ihr listiges Handeln, das sie – wie man uns sagt – ausgiebig an den Tag gelegt hätte, wenn er sie nach einem Besuch bei den Superioren verärgerte, hätte sie demnach in ihrem Umsturzgedanken lediglich bestärkt;

außerdem hätte man lange abgewartet, um dagegen vorzugehen, nicht bevor die Mädchen entweder befreit oder einer zuverlässigeren Frau anvertraut waren. Vielleicht will der Autor damit sagen, daß Malagrida seine Selbstentlarvung hinausgezögert hätte, wenn er von dieser Notwendigkeit nicht überzeugt gewesen wäre. – »Nein, nein und nochmals nein! – sagt sie zu Jérôme. Malagrida liest eine Messe für mich, das ist ja lachhaft! *So weit* haben *die* es also gebracht ...« Kurz zuvor hatte sie ihre Mädchen aufgefordert, zwischen ihr und dem Orden zu wählen, dem sie früher angehörten. Die Faszination, die von dieser ungewöhnlichen Frau ausging, muß so groß gewesen sein, daß die gesamte Gemeinschaft ohne zu zögern geschlossen bei ihr bleibt. Am merkwürdigsten war, daß sie an der Ordensregel nichts ändern, um den Zusammenhalt und ihren Lebensrhythmus aufrechtzuerhalten. Die Regel war zur Gewohnheit geworden und sorgte für ihre Ausgeglichenheit; sie wurde von allen als ganz natürlich betrachtet, als die Ausdrucksform der Frau, die sich durchsetzt und das Denken für sie übernimmt. Durch die Methode, bei den Mädchen vage innere Regungen hervorzurufen, die sie umgehend durch ihre Autorität als Superiorin im Keim erstickt, hätte die ehemalige Mutter Angélique – so der Autor – deren Willen völlig gebrochen. – »Werden alle Mädchen bei Euch bleiben? – Alle.« Jérôme sagt sich, daß demnach auch Théo ihr treu bleiben werde. Als Jérôme später erfährt, daß die Mutter ohne sein Wissen von sich aus nach weiteren Mitarbeitern für ihr Pamphlet – dessen Geheimnis Malagrida »ausplauderte« – Ausschau gehalten hatte, packen ihn mächtige Rachegefühle: Er wird ihr Théo wegnehmen. Und je stärker er daran denkt, desto weiter entfernt er sich von Theologie, Polemik, der Schwarzen Partei und den Verehrern – kurzum von jeglichem offenen Gedanken über die Suche nach seinem Weg zu Gott. Und ist es nicht genau *das, was man von ihm erwartete,* bemerkt der Autor, der selbst von seinem mystifizierenden Verfahren überlistet wurde. Je stärker er an Schwester Théo denkt – (der Autor spricht niemals von der *ehemaligen* Schwester) –, desto mehr nähert er sich erneut Malagrida an und desto größer ist sein Bedauern über den Eklat nach Beendigung der Messe. Und als er schließlich im Gefühl »wirklicher Erleichterung« an die Tür seines geistlichen Mentors klopft, deutet dieser sein Kommen als »Segen des Himmels«; sein »Plan« war nämlich gescheitert. Es war darum gegangen, von Jérôme ein *Geständnis* zu erhalten, und Malagridas Messe hatte zum Ziel, jedwede Geständnisbereitschaft unter den Trümmern der Revolte zu begraben. Der Autor behauptet, daß er nicht ermitteln konnte, ob der Mentor oder der Mönch auf den Gedanken gekommen war, Jérôme als Ministrant für die »Inquisitionsmesse« zu bestimmen. Vielleicht war der Mentor zunächst dagegen, und möglicherweise war es ein Vorschlag des Mönchs, der als bedeutender »Maler« von Hause aus einen Hang zu Inszenierungen hat. In der Tat wird Jérôme nun versuchen, den »alten Malagrida« zu ersetzen, nachdem er ihn im Priestergewand erblickt hat. Dies soll das eigentliche Ziel des Inquisitors gewesen sein. Als Jérôme sich schließlich seinem Beichtvater anvertraut, billigt dieser nicht nur das ihm Anvertraute, sondern bietet darüber hinaus seine vermittelnde Hilfe an. Der Priester wird bei Théophile vorfühlen; willigt sie ein, dann wäre das der Beweis dafür, daß auch sie nicht wirklich berufen war. Zögert sie, dann muß der Priester ihr Zögern aufrechterhalten und sie bis zur Weigerung bringen. Überdies konnte man – wie der Autor anmerkt – dieses Zögern verlängern: Unter diesem Licht des Zweifels hätte Jérôme genug Zeit, den Mantel des Abtrünnigen abzulegen, den er zu tragen glaubte. Entweder befällt ihn gefühllose Gleichgültigkeit gegenüber der möglichen Weigerung des Mädchens, oder er empfindet deswegen einen solch starken Schmerz, daß Gott seine wahre Natur zum Vorschein kommen läßt. Man ahnt, wie sich Jérômes Mentor nach Abwägung aller Möglichkeiten angesichts dieser »Strategie« die Hände reibt. Doch all dies wirkte äußerst künstlich, wenn der Autor hier nicht so umsichtig wäre, diesen Vorsatz dergestalt aufzuzeigen, wie Jérôme in seiner ihm eigenen Art die unmittelbar zurückliegenden Tatsachen nachvollzieht. Fehlte nur noch zu ergänzen, daß Mutter Angéliques Zurückversetzung in den Laienstand lediglich deshalb bestimmt worden sei, um über die Person Théos freier verfügen zu können und sie somit in die Rolle des geistlichen Provokateurs zu drängen. Allein die Idee, daß die Kirche die Berufung eines Mädchens aufs Spiel gesetzt haben könnte, nur um einen armen verirrten Seminaristen wieder auf den rechten Weg zurückzubringen, ist an sich schon ungeheuerlich genug.

Somit ist Théophile also wieder ungebunden, wenn auch nicht nach ihrer eigenen Einschätzung. Ihr Gelübde, das sie seinerzeit in der Gemeinschaft der ehemaligen Mutter abgelegt hatte, ist zwar gelöst, doch fühlt sie sich innerlich für immer daran gebunden. Allerdings wird diese Einschätzung einer fortan aufgehobenen und vor der Kirche gelösten Entscheidung wiederum zu einem Willensakt. Sie allein entscheidet darüber, was nunmehr zur Stütze ihres Lebens werden soll. Vielleicht beginnt sie eines Tages von neuem; oder sie bleibt bei der ehemaligen Mutter, die sie dort behalten möchte, was nunmehr nur noch ein Amazonenheim mit schleierigen Regeln ist. Vor diese Wahl gestellt, erhält Théophile vom unglücklichen Jérôme einen Heiratsantrag. Der Antrag kommt wie ein Blitz aus heiterem Himmel und trifft dieses völlig unbescholtene Mädchen, das jedoch auch vollkommen hellsichtig ist und die Unbefangenheit einer sensiblen jungen Frau besitzt. So erkennt sie plötzlich ihre Liebe zu Jérôme, die umso heftiger ist, je mehr sie ihrer inneren Verwirrung verfällt. Läge darin nicht seine Rettung? Sie nimmt seinen Antrag mit wohlwollendem Interesse auf. Da sie durch die Doktrin, die zwischen Menschenordnung und Heilsordnung trennen will, beinahe gelähmt ist, scheut sie sich ebensosehr vor dem Gedanken, innerhalb der Menschenordnung ein heilloses Durcheinander zu vermuten, wie sie Mitgefühl für jeden empfindet, der das Heil hätte erreichen können. Als Jérômes Mentor, der ihre Gedanken erahnt, auf den Abtrünnigkeitswillen des ehemaligen Seminaristen anspielt, überrascht sie den Priester mit ihrer Antwort: »Wenn ihn etwas an unserer Glaubenspraxis stört, dann ist es besser für ihn, Gott so zu verehren, daß es sein Gewissen nicht belastet.« Wenn sie Jérôme sogleich den inneren Entschluß, ihr Gelübde zu halten, entgegenstellt, dann geschieht dies aus Unkenntnis ihres Gegenübers. Jérôme hält es für eine vorübergehende Abwehrhaltung, aus der er sie unter allen Umständen herausholen will. Théo geht in ihrem Vertrauen bis zur offenen Aussprache über ihre beiderseitige Befindlichkeit, und Jérôme fällt es nicht schwer, die mangelnde Folgerichtigkeit ihres Lebens bei der ehemaligen Mutter aufzuzeigen. Théo läßt sich überzeugen und verläßt das ehemalige Kloster. Allerdings – und hier erscheint eine Art Charakterprobe – sagt sie ihm nicht – sie wundert sich selbst über diesen stillen Vorbehalt –, daß sie ihren Entschluß aufgegeben hat und fast soweit ist, ihm zu gehören. Sie verschweigt ihre Verwirrung, um Jérôme nicht zu schnell zum Sieger zu machen. Schwester Théophile entdeckt hiermit ein völlig neues Gefühl. Sie genießt ihre Angst, ohne entscheiden zu können, ob sie diese Beklommenheit wie einen Zustand der Freude aufnehmen soll. So lebt sie über Wochen hinweg mit dieser für sie neuen Möglichkeit: der Liebe zu einem Mann. Dennoch ist diese Liebe von schlimmster Untreue geprägt. Sie, deren ganzes Verlangen immer nur danach ging, Gott allein zu gehören, die jahrelang ein glückliches Klosterleben führte – wenn auch in dem so sonderbaren Haus von Mutter Angélique –, wie konnte sie dieses Leben so einfach auslöschen? Wie konnte sie sich innerhalb einiger Tage so stark verändern? Vor allem diese Wandlung überrascht, beschämt und verärgert sie vielleicht ebensosehr, wie die aufkeimende Liebe eine verbotene Freude verursacht, die sie verdrängt, die unaufhörlich an der Oberfläche auftaucht und die ihr ständig die Trümmer ihres eigenen Bildes vor Augen hält. Letztendlich möchte sie Jérôme gleich das Jawort geben, endlich mit ihm sprechen. Vielleicht würde sie sich dadurch wieder mit Gott versöhnt fühlen, denn Gott hat ihr alle Freiheiten gelassen. Vielleicht weniger Gott, als vielmehr die Kirche; doch die Kirche ist Gott. Es bedürfte nur einer Kleinigkeit zu Jérômes Glück, ihr eigenes Glück aber fürchtet sie. Währenddessen ist Jérôme weder hoffnungsfroh noch hoffnungslos: Er glaubt keinen Moment lang, daß sein Verlangen Erfüllung finden wird. Für ihn reduziert sich alles auf eine ganz besondere Empfindung: Er hat einer ehemaligen Klosterschwester zu verstehen gegeben, daß er sie liebt und sie also begehrt. Dieses Geständnis hat seine Wirkung nicht verfehlt: Es war ihm gelungen, sie zu verwirren. Daß Théo ihm eines Tages gehören könnte, erscheint ihm eher als ein kühner Traum, denn Jérôme trägt selbst sehr schwer an den Folgen seines Vorgehens. Dennoch war dieses Vorgehen durchaus berechtigt; doch in seinem Innern hatte er das Gefühl, eine ungeheuer verwerfliche Tat begangen zu haben, denn Théo ist für ihn keine ungebundene junge Frau, sondern immer noch *Schwester* Théo. Daher wagt Jérôme die Anwendung einer List, welche – nach dem bisherigen Verlauf der Geschichte – einer gewissen Komik nicht entbehrt: Er schlug Théo zunächst eine Scheinehe vor. Diese fromm wirkende Lösung berücksichtigte einerseits Théos Entschluß, andererseits auch seine Rache an der ehemaligen Superiorin. Er ermöglichte somit Théos Verbleiben bei Mutter Angélique, ohne daß diese noch sonst jemand um das Ehebündnis wüßten. Théo hielt ihm jedoch klug entgegen, daß die Scheinehe nur ein »Mythos« sei – und daß sie ebensogut eine richtige Ehe eingehen könnten. Dieser behutsame Vorschlag des ehemaligen Seminaristen vervollständigt das Bild von Jérômes Figur (man erschrickt darüber, daß er überhaupt geweiht werden konnte). Er selbst bleibt unter dem Bann des verwerflichen Charakters, den er einer Situation verleiht, die zwar an sich nicht blasphemisch ist, die er aber mit allen Mitteln als solche will.

In Erwartung von Théos Antwort glaubt er demnach nicht daran, das verlangte Unmögliche zu erhalten, denn mit dem Verlangen einer an sich einfachen Sache empfand und ersehnte er diese Sache als eine Unmöglichkeit. Und das Unmögliche tritt tatsächlich ein. Er weiß nicht, was in Théophile vorgeht, bis sie ihm endlich eines Tages sagt, daß sie ihr früher abgelegtes Gelübde nicht hätte überwinden können, welches zwar aufgehoben sei, doch in ihr selbst Gott gegenüber noch gelte. Jérôme zieht sich zurück; hat er nicht erreicht, was er wollte? Hat er nicht den »Malagrida« gespielt? Er weiß noch nicht so recht, was ihm geschehen ist, als ihn am nächsten Morgen der »Partherpfeil« trifft: In einem kurzen Brief gesteht ihm Théophile ihre Liebe und die Unmöglichkeit dieser Liebe, denn Gott habe sie unmöglich gemacht. »Ab diesem Zeitpunkt, meint Pater Malagrida, dem der Autor die soeben erläuterten Textpassagen zuschreibt, ab diesem Zeitpunkt war der uns bekannte Jérôme tot und sein Dämon ausgetrieben, während der Mann als natürliches Wesen endlich liebte und sich dem Heil öffnen konnte. Erst von jenem Augenblick an war er geheilt, denn Théophile war in seinen Augen nicht länger die ›Klosterschwester‹, die sie bis dahin in Wirklichkeit nie gewesen war; sie war für ihn eine Frau, die ihn genau ab dem Moment liebte, als sie *tot* für ihn und *lebendig* für Gott war.«

Kommen wir zum Schluß. Wir werden dem Autor nicht vorwerfen, daß er sich über La Montagnes Reaktion gegenüber Malagrida, als dieser sich als Inquisitor entlarvte, völlig ausschweigt. Soll man daraus schließen, daß auch er mit ihm unter einer Decke steckte, daß seine Eifersucht und seine Besorgnis ebenfalls gespielt waren? Daß die »Verehrer von Notre-Dame du Mariage Blanc«* ebenfalls als ein Mythos aufzufassen sind? Doch der Autor übertreibt gar sehr unter dem Vorwand, eine neuartige Schreibtechnik zu verwenden. Er behauptet – wie manche Autoren bezüglich ihrer Figuren –, Jérôme begegnet zu sein, als dieser nicht nur geheilt, sondern verheiratet war. Er will einen letzten Kunstgriff anwenden, indem er beteuert, Jérômes Ehefrau hätte eine zum Verwechseln große Ähnlichkeit mit der ihm beschriebenen Théophile (vermutlich will er dadurch die Neugierigen irreführen). Daß man diese junge Frau für die Witwe eines Schiffskommandanten hielt; daß man aber an »höchster Stelle« sehr wohl wußte, daß er sich ins Kloster zurückgezogen hatte – und daß allein das Geheimnis (so hätten es die Kasuisten beschlossen) dem einen das friedliche Klosterleben, dem anderen eine berechtigte menschliche Freude sicherte. So hätte Jérômes Lebensglück erneut nur an einem seidenen Faden gehangen: dem Geheimnis der Kirche. Geben wir zu, daß der Autor eine merkwürdige Art hat, Kunst und Verleumdung zu vermischen. Wie wahr ist doch das Sprichwort:

Der Beleidiger verzeiht nie.

* *Notre Dame du Mariage Blanc* bedeutet eine Anspielung auf die katholische Marienverehrung (»Unsere Liebe Frau«, frz. *Notre Dame*), aber auch auf die »Scheinehe« (frz. *»mariage blanc«*), d. h. ein nicht vollzogenes Ehebündnis, das von der Kirche für ungültig erklärt werden kann. (Anmerkung des Übersetzers)

ANDREAS PFERSMANN

Die Erstarrung des Freskos

Für Otto Pfersmann

1950. Als sein erster Roman erscheint, ist Pierre Klossowski bereits fünfundvierzig Jahre alt und der Öffentlichkeit bislang nur als Übersetzer (Hölderlin, Benjamin, Kafka, Hamann, Scheler, Flake) und Essayist bekannt[1]. Sein Buch *Sade mon prochain (Sade, mein Nächster,* 1947) hatte mit seiner gnostischen Interpretation des Divin Marquis bereits drei Jahre zuvor für Aufsehen gesorgt. Als Werk eines ehemaligen

[1] Allgemein über Klossowski informieren u. a. P. Klossowski, G. Bataille, M. Blanchot, *Sprachen des Körpers,* Berlin, Merve 1979; *L'Arc* 43 (1970): Sondernummer Pierre Klossowski (mit Bibliographie); Jean Decottignies, *Klossowski,* Paris, Verdier, 1985; Jean Decottignies (Hg.), *Revue des Sciences Humaines* 197 (1985-1) (Sondernummer Klossowski); A. Pfersmann (Hg.), *Cahiers pour un temps. Pierre Klossowski,* Paris, Centre Pompidou, 1985; Jean-Pol Madou, *Démons et simulacres dans l'œuvre de Pierre Klossowski,* Paris, Meridiens Klincksieck, 1987; Catherine Grenier et al., *Pierre Klossowski* (Ausstellungskatalog), Paris, Centre National des Arts Plastiques, 1990 (mit Bibliographie); Alain Arnaud, *Pierre Klossowski,* Paris, Seuil, 1990; Pierre Klossowski/Alain Jouffroy, *Le secret pouvoir du sens,* Paris, 1994; Gabriele Sorgo, *Gnosis und Wollust. Zur Mythologie des Pierre Klossowski,* Wien, Turia und Kant, 1994.

Seminaristen mußte die *Vocation suspendue* unweigerlich als Schlüsselroman, wenn nicht gar als Abrechnung mit gewissen klerikalen Kreisen zugleich verstanden und mißverstanden werden. Die autobiographische Dimension des Textes und vor allem der Hauptfigur ist tatsächlich schwer zu leugnen und ist vom Autor auch in diversen Interviews unterstrichen worden. Ja, im Roman selbst wird dieser Aspekt gleich zu Beginn ironisch angesprochen: »Wenngleich in der dritten Person geschrieben, könnte es sich dabei um eine romanhafte Autobiographie handeln, in der der Verfasser seine religiösen Erfahrungen offenlegt. Wir werden jedoch später sehen, daß man auch von einer Doppelbiographie sprechen kann« [S. 9]. Ein biographischer Exkurs über Pierre Klossowski ist deshalb unvermeidlich, bevor sich der eigentümliche Begriff der *Doppelbiographie* zu enträtseln hat.

Der Sohn des Bühnenbildners und Kunsthistorikers Erich Klossowski und der Malerin Baladine Klossowska geborene Spiro kommt 1905 in Paris zur Welt[2]. Er verbringt seine Kindheit zwischen Paris, Kassel, Berlin, Bern und Genf im Milieu der neoimpressionistischen Maler. Die Muttersprache seiner Eltern ist Deutsch, doch fühlen sie sich eher der französischen Kultur verpflichtet. Der junge Pierre und sein Bruder, der Maler Balthus, werden französischen Gouvernantinnen anvertraut und wachsen zweisprachig auf. Rilke, der mit Baladine alias Merline befreundet war, fördert ihre beiden Söhne. Über seine Vermittlung lernt Pierre Klossowski André Gide kennen, der sein Mentor wird, als er 1923 nach Paris zurück-

[2] Zur Biographie vgl. Alain Arnaud, a. a. O., S. 182ff.

kehrt. Gides Einfluß wird lange Zeit maßgebend bleiben.

Klossowskis Temperament verträgt sich schlecht mit dem klassischen Schulsystem. Auf Anregung Rilkes unternimmt er an der *Ecole Pratique des Hautes Etudes* eine Dissertation über die deutsche Jugendbewegung, die nicht erhalten ist. Gemeinsam mit Pierre-Jean Jouve überträgt er 1929/30 Hölderlin und lanciert sich damit in die literarische Übersetzung, die immer wieder seine einzige Erwerbsquelle darstellt. Anfang der dreißiger Jahre ist er für kurze Zeit als Sekretär des Psychoanalytikers René Laforgue tätig, doch führt Klossowskis erster, noch psychoanalytisch inspirierter Artikel über den Marquis de Sade zu seiner Entlassung. In den Jahren vor dem Krieg wird Georges Bataille zu einem seiner wichtigsten Gesprächspartner: Klossowski beteiligt sich am Collège de sociologie und an der Zeitschrift *Acéphale*, teilt aber weder die »Martererotik« seines Freundes noch dessen ambivalente Haltung dem Faschismus gegenüber[3]. Zugleich verkehrt er freundschaftlich mit Walter Benjamin und übersetzt u. a. dessen »Thesen zum Kunstwerk im Zeitalter seiner technischen Reproduzierbarkeit«.

Mit dem Zweiten Weltkrieg setzt jene religiöse Krise Klossowskis ein, die zur fiktionalen Substanz seines Romans wird. Wie der Held der *Vocation suspendue* verbringt er einen großen Teil der Kriegsjahre als

[1] So Klossowski in seinen Gesprächen mit Jean-Maurice Monnoyer. Vgl. Jean-Maurice Monnoyer, *Le Peintre et son démon. Entretiens avec Pierre Klossowski*, Paris, Flammarion, 1985, S. 188 f. Zur politischen Ambivalenz von Bataille vgl. Andreas Pfersmann, »Bataille und der Gebrauchswert von Sade«, in: Birgit Jürgenssen (Hg.), *Wenn die Kinder sind im Dunkeln* (Ausstellungskatalog), Wien, Wiener Secession, 1994, 39-64.

Novize, hauptsächlich bei den Dominikanern von La Lesse bei Chambéry bzw. im Kloster Saint-Maximin. Er besucht die Priesterseminare von Lyon und Grenoble und kehrt Ende 1943 nach Paris zurück. Dort verkehrt er in einem Kreis katholischer Intellektueller um Marcel Moré, dem Begründer der ökumenischen Zeitschrift *Dieu vivant,* zu dem Marie-Madeleine Davy und der große Orientalist Louis Massignon gehören. 1944 bekehrt er sich zum Protestantismus, dem er im Jahr darauf wieder abschwört. Wie Jérôme gehört seine Berufung der Vergangenheit an, als er 1947 Denise Morin-Sinclaire heiratet.

Sämtliche Figuren seines »Schlüsselromans« – der Autor greift selbst auf diesen problematischen Begriff zurück – sind jedoch den Persönlichkeiten nachempfunden, denen er im Verlauf seiner religiösen Krise begegnet war. Manche Modelle kann man nur erahnen und vermuten, daß Salvador Dalí etwa dem Schnurrbart tragenden, spanischen Maler Malagrida Pate stand. Dagegen hat Pierre Klossowski selbst darauf verwiesen, daß La Montagne sowohl von Louis Massignon als auch von Marcel Moré inspiriert ist. Ihnen verdankt sich also eine Figur, die infolge einer plötzlichen Bekehrung der Knabenliebe abschwört und die Homosexualität, die sie nunmehr verteufelt, durch neue Formen der Andacht zu erlösen trachtet:

»Wenn ich in der *Vocation suspendue* von einer geheimen ›Frömmigkeit‹ spreche, so ist es diese: Massignon erhob den Anspruch, die ›sodomitische‹ Gemeinschaft durch eine Erneuerung der Frömmigkeit freizukaufen (...) Ich beharre aber darauf zu glauben, daß Massignon aus Solidarität mit seinen ›sodomitischen‹ Brüdern die *Verehrung der Jungfrau Maria* mit ihnen teilen wollte, daß allein dieser ›Marienkult‹, als dessen unbeugsamer Priester er auftrat, ihm erlaubt hätte, dank der Anrufung der virginalen Reinheit das Unreduzierbare zu sühnen.«[4]

Mit Jérôme, La Montagne, Mater Angélique und anderen Figuren wollte Klossowski allem Anschein nach vorführen, wie sehr die theologischen Positionen seiner religiösen Gesprächspartner von deren »Dämonen« beziehungsweise Triebkonflikten determiniert waren. Die *Vocation suspendue* hat etwas von einem literarischen Exorzismus und wurde im dargestellten Milieu auch als solcher rezipiert. Die Reaktionen waren wohlwollend von seiten der Franziskaner und der Jesuiten, betroffen und abweisend im Lager der Laienbewegung.

Hat man auf diese persönlichen Konstellationen hingewiesen und mögliche Vorbilder von Klossowskis »Schlüsselroman« genannt, ist die autobiographische Dimension des Textes noch nicht erschöpft. Bedeutsamer als die individuellen Schicksale sind nämlich die historischen Differenzen innerhalb der Kirche, die der Roman schildert. So wird Jérôme Zeuge einer unbarmherzigen Auseinandersetzung zwischen Orden, die politisch-theologisch konträre Strömungen repräsentieren. Die »schwarze Partei« bezeichnet nicht nur die nationalsozialistische Besetzung, sondern auch die faschistisch-kollaborationistischen Fraktionen des Klerus im Frankreich von Pétain und die autoritären, antijüdischen Traditionen der Kirche. La Montagne und Mater Angélique, die Sympatisanten der Laienbewegung und des Marienkultes, scheinen hingegen der Résistance nahezustehen. Wechselseitige Spionage,

4. Ebd., S. 143. (Übersetzung A. P.)

Verrat und alle möglichen Formen der Gewalt sind zwischen diesen Fraktionen an der Tagesordnung. Pierre Klossowski hat hier durchaus seine eigenen Erfahrungen des klösterlichen Lebens Anfang der vierziger Jahre verarbeitet. Innerhalb der *mater ecclesia* wurde er, eigenen Angaben zufolge, mit einem unvermuteten Konfliktpotential konfrontiert, dem schließlich seine eigene »Berufung« zum Opfer fiel[5].

Auch Jérômes Berufung und ihre Infragestellung wird ständig auf diese innerkirchliche Konstellation bezogen. Dennoch sind die politischen Demarkationslinien alles andere als eindeutig. Bald wird die Homosexualität in ihrer nationalsozialistischen Gestalt für die Verfolgung der Kirche und ihrer matriarchalischen Werte verantwortlich gemacht, bald erscheint sie als Motor eines neuen Marienkultes. Bald sind gewisse Personenkreise und Gruppen innerhalb der Kirche Gegenstand einer obskuren Verfolgung, bald haben sie selbst an ihr Anteil. Je mehr der Roman fortschreitet, desto irrealer werden die *realia* des Textes, desto mehr entziehen sich seine historischen Anknüpfungspunkte. Die *Vocation suspendue* läßt sich deshalb weder dem Genre des Résistanceromans noch der Gattung des religiösen Romans in Frankreich zurechnen, deren Ästhetik der Prolog so ausführlich erörtert.

Was derartige, wie auch immer provisorische Zuordnungen verbietet, ist vor allem die Form des Textes. Unabhängig von Borges, dessen *Ficciones* ihm noch nicht bekannt waren, hat Klossowski den Roman eines Romans geschrieben und dafür das indirekte Ver-

[5] Vgl. ebd., S. 140.

fahren der Buchbesprechung gewählt. Es spricht kein Erzähler, sondern ein Rezensent, der sich auf einen unsichtbaren Autor bezieht. Der Text oszilliert ständig zwischen Zusammenfassung, Paraphrase, Kommentar und Zitat. Die Rezension überträgt ins Präsens, gelegentlich in das Futur der Zusammenfassung, was der Roman in den Formen der Vergangenheit berichtet. Daraus ergibt sich jener statische Charakter des Buches, der der Erzählung die »Erstarrung des Freskos ohne die Bewegung der Malerei« (S. 53) verleiht. Zwar operiert der Text mit Überraschungseffekten und einer durchaus romanesken Fabel. Die für die Romankunst von Barbey d'Aurevilly bis Bernanos charakteristische Spannung, die im Detektivroman kulminiert, vermittelt er jedoch mitnichten. Sein Medium ist die Dramatik, die aus dem seelischen Kräfteverhältnis entspringt, das die einzelnen Sequenzen vergegenwärtigen. Die Ästhetik des »tableau vivant«, des lebenden Bildes, ist bereits *in nuce* in der *Vocation suspendue* angelegt. Das Präsens ist die ideale Zeitform für jenes »Sammelsurium als Dämonologie getarnter Psychoanalyse« (S. 62), die der Rezensent dem anonymen Autor unterstellt. Der Läuterungsprozeß von Jérôme, der zur Aufhebung seiner Berufung zum Priesteramt und zur Befreiung des natürlichen, liebesfähigen Mannes in ihm führt, ist tatsächlich sowohl als exorzistischer wie als travestierter analytischer Vorgang lesbar. So heißt es von seiner Auseinandersetzung mit dem Fresko: »So wird hier der Streit um das Fresko zur Projektion seiner inneren Zerrissenheit, wie etwas später die Episode von der »Exhuminierung der jungen Nonne« durch den spanischen Maler die schwärzesten Tiefen seiner Seele in die Oberfläche holt, [...]« (S. 39). Verborgene psychische Kräfte in Jérôme wachzurufen ist schlechthin die Funktion aller Figuren, die ihn umgeben. Das gilt besonders für La Montagne und Mater Angélique, die in der zweiten Hälfte des Textes von seiner Seele Besitz ergreifen. Vom Dämon, der ihn das Gewand des Novizen ergreifen ließ, wird Jérôme schließlich von Malagrida durch eine Konfrontation mit dem Verdrängten befreit. Aber Dom Malagrida, der Inquisitor, ist selbst nur ein Doppelgänger von Jérôme, er ist, mit den Worten des Rezensenten, »sein eigener Dämon«. Ein ähnliches Verhältnis verbindet wiederum Jérôme mit dem anonymen Autor. Der Terminus *Doppelbiographie* scheint sich auf diese Verdopplung und diese Spiegelungen zu beziehen, der keine Figur des Textes entrinnt und die Raul Ruiz in seiner Verfilmung des Romans so kongenial eingefangen hat[6]. Pater Angélique ergänzt Mater Angélique, die selbst ohne La Montagne undenkbar ist: beide existieren im fiktiven Roman nur durch das Prisma des jeweils anderen. Das Doppelgängermotiv, Freud zufolge spezifisch für das Unheimliche, ist zentral bei Klossowski und läßt sich auch in seinen späteren Romanen verfolgen. So ist Théodore Lacase im *Souffleur* das Double eines Autors, der sich seinen Roman *Roberte, ce soir* angeeignet hat. Schon in der *Vocation suspendue* schwanken die Identitäten wie später in den *Gesetzen der Gastfreundschaft* und im

[6] Vgl. Raul Ruiz, *La Vocation suspendue,* 1976, und die Studie von Marie-Claire Ropars-Wuilleumier, »Klossowski le tiers exclu«, in: *Revue des Sciences Humaines«* 197 (1985-1) (Sondernummer Klossowski), S. 53-75. Marie Claire Ropars-Wuilleumier geht von der Verfilmung aus, um die *Vocation suspendue* zu interpretieren, und zeigt sehr präzise, wie sich die Verdopplung in Klossowskis Gebrauch der Sprechakte niederschlägt.

Baphomet[7]. Es sind keine herkömmlichen Figuren, sondern ihre Schatten, Trugbilder von Trugbildern: man kennt Klossowskis später theoretisch fundierte Leidenschaft für *Simulacra*.

Im Verein mit der Zusammenfassung erlaubt der Kommentar die permanente Distanzierung zu dem geschilderten Geschehen und zur Erzählweise des fiktiven Originals. Pierre Klossowski hat dies sehr genau formuliert: »[...] sie [d.h. die Form des indirekten Stils] erlaubte mir vermöge einer Kritik zugleich dem anonymen Autor dieses angeblichen Buches die Komposition der Porträts, der Figuren anzulasten und seine Intentionen ebenso zu kritisieren wie die Psychologie, die er seinen Gestalten verleiht; also meine eigenen Aussagen im vorhinein zu kritisieren, als handelte es sich um ein Dokument«[8]. Simultan unvereinbare Haltungen einzunehmen ist eine Phantasie, der man im Œuvre des Romanciers immer wieder begegnet. Verwiesen sie nur auf das Kapitel »Schwierigkeiten« in den *Gesetzen der Gastfreundschaft,* wo Octave gleichzeitig Roberte umarmt und von der Türe her ihre Überraschung erspäht, da unvermutet der Gast auftaucht. Mit den Worten seines Neffen Antoine: »Es dauerte nur einen Augenblick ... denn man kann schließlich nicht zugleich nehmen und nicht nehmen, an- und abwesend sein, eintreten wenn man sich drinnen befindet«[9]. Die ganze Schwierigkeit der *Vocation sus-*

[7] Zum Identitätsschwund in den Werken Klossowskis vgl. Gilles Deleuze, »Pierre Klossowski und die Sprachen des Körpers«, in: *Sprachen des Körpers,* a.a.O., S. 39-66.

[8] Ebd., S. 134.

[9] Pierre Klossowski, *Les Lois de l'hospitalité,* Paris, Gallimard, 1965, S. 109. Übersetzung A.P.

pendue liegt in dieser für Klossowski so charakteristischen Position des Sowohl als Auch. Was ihr zum Opfer fällt, ist nicht mehr die Berufung des Helden, sondern die Romanform selbst, der Roman als Form. Daß sich nicht mehr erzählen läßt, ist ein Leitmotiv der Gattung, seit sie sich, mit Nathalie Sarraute zu reden, in der »Ära des Zweifels« befindet. Von Joyce bis zum Nouveau Roman hat die Moderne mit dieser Unmöglichkeit in vielfältiger Weise experimentiert und sich dabei der Tradition des Antiromans seit Sterne und Diderot entsonnen. Mit der Rezension als Darstellungsform, der Preisgabe der Vergangenheitstempora und dem Kommentar als Quelle und Aufhebung der Fabel zugleich hat Klossowski jedoch einen kaum je begangenen Weg beschritten. In der *Vocation suspendue* bricht der Roman das Gelübde der Erzählung. Die autobiographische Dimension des Werkes, die das Buch eingangs demonstrativ in Anspruch nimmt, wird von seiner Technik widerrufen. Was bleibt, ist eine Meditation über das Kunstwerk, die Schwierigkeit seiner Interpretation und die Affekte, die ihr zugrundeliegen. Fresko oder Roman: jedes Simulakrum ist eine Projektionsfläche seelischer Kräfte, und der Exegese droht immer die Gefahr, an ihnen zu zerschellen.

BILDTEIL

Cum magna
reverentia
et affectu valde

Pierre Klossowski um 1990

Pierre Klossowski im Jahre 1913

Die Eltern:
Baladine Klossowska, geb. Spiro
Erich Klossowski de Rola

Pierre bei der Lektüre von Descartes

Freunde in Paris 1927: Hubert Landau, Pierre Klossowski, Yves Allégret, Pierre Leyris

Pierre und Denise, Marie, Roberte Morin-Sinclaire

Pierre und Denise

Pierre und Denise im Jahre 1953

Nietzsche-Colloquium 1972, von links nach rechts: G. Deleuze, J. F. Lyotard, M. de Gandillac, P. Klossowski, J. Derrida und B. Pautrat

Denise und Pierre Klossowski, 1962

Pierre Klossowskis Atelier

HANS BLÜHER

Die Gründung des 3. Reiches

Ich habe lange gezögert, bevor ich den Entschluß gefaßt habe, dem Rate einiger Freunde zu folgen und hier vom apokalyptischen Manne Hitler zu sprechen. Nicht aus meiner an anderer Stelle offen bekannten Aversion, sondern aus jener *ethisch-ästhetischen Scheu* heraus, die man vor überdimensionalen Monstern empfindet. Weil aber Clio's immanentes Weltgericht und gleichzeitig die am Untergang dieses verhängnisvollsten aller Tyrannen beteiligten Kulturnationen bereits ihr strenges Urteil gefällt haben, steht mir, glaube ich, ebenfalls das Recht zu, noch einige Fakta bekanntzugeben, die zur Lösung der vielen Rätsel um den blutroten Kometen beitragen könnten.

Die Person Hitlers bietet der erotischen Charakteranalyse einige Schwierigkeiten, die ein *wohlinformierter* Psychologe jedoch rasch bewältigen wird, weil die Kenntnis bestimmter sexueller Handlungen eines Mannes nicht unbedingt erforderlich ist, um seine Zugehörigkeit, sei es zur heterosexuellen Welt, sei es zur gleichgeschlechtlichen, sei es zu einer anderen Kategorie, fixieren zu können. Nicht einzelne Handlungen, die für den Sexualklatsch interessant sein können, geben dem gewissenhaften Beobachter Aufschluß über die sexuelle Veranlagung eines Menschen, sondern die *Atmosphäre,* in der er lebt. Was Hitler betrifft, fällt es nicht schwer diese zu kennzeichnen. Für ihn lautet die Diagnose, und zwar in apodiktischer Form, auf Hinneigung zum Männerbund – vielleicht zunächst aus ihm, dem Betroffenen, nicht bewußt gewordener Veranlagung, aber später aus Opportunitätsgründen und politischem Kalkül. Bei aller von ihm zur Schau getragenen Kinderliebe: Hitler als Familienvater ist unvorstellbar. Eine nennenswerte Rolle in seinem Leben haben Frauen – oder vielmehr die eine Frau Eva Braun – erst dann gespielt, als er selber ausgespielt, das politisch-militärische Spiel endgültig verloren hatte; als er nur den Ausweg in den Tod sah, um nicht lebend in die Hände seiner Feinde und Richter zu fallen. Seine Trauung in extremis muß eine mechanische Rückbesinnung auf bürgerliche Ehrbarkeit gewesen sein – sie erscheint uns als Schlußeffekt der tragischen Komödie, die er der Welt vorgespielt hatte. Dagegen die Männer! Seine Leibstandarte bestand aus jungen Männern von ausgeprägter Schönheit, Modellen würdig der großen griechischen Bildhauer; Modellen, die er auch in die Ateliers seiner bevorzugten Künstler schickte. Arno Breker, Georg Kolbe, Richard Scheibe meißelten oder gossen dann die überlebensgroßen nackten Bronzekrieger oder Marmorhelden, die seine Räume und wohl auch seine Träume bevölkerten. Bereits lange Zeit vor dem verhängnisvollen Tag der Machtergreifung hatte ihn seine damals enge Freundschaft mit dem Schöpfer und Chef der SA, dem geborenen Trierer Hauptmann

Ernst Röhm, in den Verdacht gleichgeschlechtlicher Praktiken gebracht.

Es war im Sommer 1933 in Trier, als man im dortigen ehrwürdigen Dom den sagenhaften »heiligen Rock« zeigte und mit Prozessionen und Pilgerzügen feierte, daß einer meiner Freunde durch die Vermittlung des in Trier geborenen Prälaten und Zentrumsführers Ludwig Kaas dem Stabschef Ernst Röhm vorgestellt wurde. Im Laufe einer durch edlen Moselwein und die Schönheit der jungen Ordonnanzen animierten Unterhaltung konnte es sich der auf die Freundschaft mit seinem Führer eingebildete, sonst sehr intelligente und überraschend gebildete Röhm nicht versagen, seinen Besuchern einige vertrauliche Informationen über dessen intimes Leben und seine Einstellung zum Inversionsphänomen zu machen. Diese nun übertreffen an Präzision und Beweiskraft alle Äußerungen zum gleichen Thema, die wir in den viel später veröffentlichten Memoiren Hermann Rauschnings haben lesen können. Röhm kannte natürlich die meisten Werke über das ihm lebensnahe und sympathische Phänomen der gleichgeschlechtlichen Liebe: so die Bücher von Karl Schurz, Iwan Bloch, Sigmund Freud, Magnus Hirschfeld – (»hier handelt es sich um unser Anderssein! Jude hin, Jude her, jeder mannhafte anständige Urning ist mein Bruder!«, dies scheint eine feststehende Redensart Röhms gewesen zu sein) und auch meine Arbeiten, wie mir mein Gewährsmann versicherte. Er behauptete nun, daß Hitler einen unbewußten Verdrängungs- und Sublimierungsprozeß durchgemacht habe, was ihm, einem anscheinend kongenitalen Impotenten, wohl nicht schwergefallen sei. Jedenfalls, bei aller Bevorzugung jenes oder dieses besonders schönen Leibwächters, scheine Hitler nie sexuelle Annäherungsversuche gemacht zu haben. Er, Röhm, habe Hitler auf den Wert erotischer Bindungen in den Männerbünden aufmerksam gemacht. Die ganze, von ihm aufgebaute, Hunderttausende junge und ältere, meist unbeweibte Männer zählende SA sei doch ein einziger Männerbund, der einstmals als solcher in die Geschichte eingehen werde, wie die heilige Schar von Theben oder die beispielhaften Heere der männerliebenden Spartaner. Hitler hätte das erkannt und anerkannt, er hätte ihm deshalb in dieser Hinsicht freie Hand gelassen. »Die schwärmerischen Visionen Hitlers von den herrlichen Jünglingen, die einmal die fleischgewordenen Träger seiner Ideen sein sollten« (nach H. Rauschning) fingen schon unter und durch Röhm an, Wirklichkeit zu werden. Wer das alles beobachtet hat und kennt, kann nicht mehr im Zweifel sein darüber, daß Hitler mannmännlich dachte und handelte. Daß er ein ausgesprochener Männerheld gewesen, der seine originäre männliche Gesellschaft in eine politische Partei umgewandelt, der also einen Männerbund von einmaligen Ausmaßen gegründet hat. Einen Männerbund, in dem unter der Regie von Ernst Röhm Jünglingsgemeinschaften, erotische Freundespaare, eine Hitler nicht unbekannt gebliebene, politisch wichtige Rolle spielten! Verschiedentlich soll Hitler bei Gelegenheit von paradierenden SA-Scharen in Ansprachen das athenische Freundespaar Harmodios und Aristogeiton, die Mörder des Tyrannen Hippias von Athen, verherrlicht haben, mit deutlichem Hinweis auf den Umsturz der Weimarer Republik, den er damals vorbereitete. Dank seinem riesigen Männerbunde, eigentlich einem »fascis« von zahllosen größeren und kleineren Männerbünden, ist Hitler – allerdings begünstigt durch andere Umstände – zur Macht getragen worden. In der ersten Zeit nach der sogenannten »Machtergreifung« glaubten viele Vertreter des Männerheldentums, daß nun endlich die Stunde geschlagen hat für die Beseitigung des § 175. Denn sie und ihresgleichen hatten die starken, im Eros verankerten und geschöpften Kräfte ihrem Führer für die Errichtung seines neuen mächtigen Staates und seines 1000jährigen, alle seine treuen Gefolgsmänner beglükkenden, Reiches gegeben. Diese ihre Kraft war nun Staat geworden. Also mußten alle ihr Liebesleben diffamierenden und gefährdenden Strafbestimmungen endlich und für immer in der Versenkung verschwinden. Ich habe diese Stimmen gehört. Aber ich habe einige gutgläubige Männerhelden davor gewarnt, sich vorzeitig zu demaskieren und ihnen geraten, abzuwarten, bis die Verheißungen ihres Stabschefs Röhm ihre Erfüllung gefunden hätten.

Daß auch Frauen gleich in den Anfängen Eingang in die Hitlerbewegung gefunden haben, ändert gar nichts an der Tatsache, daß ein aus tausenden Gliedern bestehender reiner Männerbund eine entscheidende staatsbildende Rolle spielte – denn das Dritte Reich ist ein neues Staatsgebilde gewesen. Hitler hatte den ihm sonst völlig indifferenten Frauen einen Platz in seinem Staate eingeräumt – sie sollten die Männer betreuen, für den Nachwuchs Sorge tragen und vor allem helfen, die germanische Rasse rein zu erhalten. Sie sollten mitwirken, um den im Geiste Hitlers idealen Deutschen, der allen andern außerdeutschen Mitmenschen überlegen sein würde, zu schaffen. Vergleicht man dieses Programm mit jener im Laufe der letzten und zu Beginn dieses Jahrhunderts durch den edleren Teil der

Frauenbewegung bereits errungenen Stellung der Frau, so kann man feststellen, daß Hitler es nicht ehrlich meinte. Daß er im Gegenteil versuchte, die Position der Frau zu mindern, sie, wie der Volksmund sagt, an den Kochherd zu fesseln, ja schlimmer noch, sie in seinen Entbindungsheimen zur Zuchtstute zu degradieren.

Nach der folgenschweren Berufung Hitlers zum Reichskanzler bereitete sich, kaum sichtbar für die Außenstehenden, ein Umschwung vor, der in die Wege geleitet und vorangetrieben wurde von den Frauenhelden um Hitler, Rosenberg, Göring und Goebbels, zu denen sich noch der mediokre, ehrgeizige, bald nach der Frauenseite, bald nach der Männerseite lavierende Himmler gesellte. Sie haßten den Männerhelden Röhm, sie beneideten den scheinbar so mächtigen Stabschef der SA und seinen Einfluß auf Hitler. Bald nach der Machtergreifung war es zwischen der SA und der Wehrmacht zu den bekannten Vorrangs- und Integrationsstreitigkeiten gekommen, die von den gegen Röhm Verschworenen auf diabolische Weise geschürt und bis zur Weißglut entfacht wurden. Ihrem Führer träufelten die drei Spießgesellen aber Gift in die Ohren, in vorsichtig abgewogenen Mengen. Perfide Intrigen jagten die niederträchtigsten Machenschaften – bis es zur Explosion kam. Es ist von einer Verschwörung die Rede gewesen, von einem heimtückischen Komplott, von einer Entmachtung Hitlers, von Umsturz und ähnlichen Dingen. In Wahrheit wurde der ahnungslose Röhm in Wiessee von Hitler überfallen, gefangengesetzt und auf seinen Befehl in einer Berliner Kerkerzelle erschossen. Röhm, der den Männerbund für Hitler organisiert hatte, wurde als lästiger Mitwisser beseitigt, als man ihn nicht mehr brauchte und er der Ausführung anderer Pläne im Wege stand. Sein Fehler ist es gewesen, viel zu viel an die Sexualisierung des Männerbundes gedacht, diese allzusehr vorangetrieben und darüber die politische, staatserhaltende Idee vernachlässigt zu haben. Mit Röhm verschwand der alte, auf dem freundlichen Eros begründete Geist des Hitlerschen Männerbundes, um jenem anderen der totalen Verdrängung, der zum fanatischen Haß führt, Platz zu machen.

So geschah denn das Unerwartete. Über Nacht wurde die bisher wohlwollend tolerierte mannmännliche Liebe als abscheuliches homosexuelles Laster angeprangert. Der »wehrhafte Stabschef Röhm und seine heldenhaften Mannen« wurden zu Sittenverderbern und zu Lustknaben degradiert. Der § 175, den Hitler abzuschaffen feierlich versprochen hatte, wurde verschärft. Von nun an verfielen, über den Ohlshausenschen Kommentar hinaus, alle sexuellen Handlungen – selbst eine ungewollte Kontrektation des von der Hose bedeckten Penis – der Strafe. Zugleich setzte jene, der Verfolgung der Juden absolut ähnliche, Jagd auf die Homosexuellen ein, beispiellos an Grausamkeit und Niedrigkeit der Gesinnung. Jeder politische Gegner lief jetzt Gefahr, als Homosexueller von irgendeinem gekauften Verbrecher denunziert und daraufhin moralisch und materiell vernichtet zu werden. Terror und Willkür der herrschenden Kreise machten Hunderttausenden das Leben zur Qual.

Hitler gab nun seinem Männerbund mit einem anderen Namen auch ein anderes Gesicht und gleichzeitig instituierte er eine Doppelmoral. Sex durfte innerhalb des Bundes keine Rolle mehr spielen – alle Männer sollten es halten wie ihr (impotenter) Führer. In straffer Selbstdisziplin sollten sie nur für das Wohl des Staates und des den Staat verkörpernden Führers zu kämpfen und zu sterben bereit sein. Außerhalb des Dienstes war ihnen jede Freiheit gestattet, besonders in sexualibus. Durch Röhm belehrt hatte Hitler wohl erkannt, daß die Männerliebe Grundkraft der Staatsbildung sei, besonders der revolutionären. Deshalb sorgte er einerseits dafür – schon durch die Verschärfung des § 175 und die Bildung einer auf die Homosexuellen dressierten Sonderpolizei –, daß diese Grundkraft sofort vernichtet werden konnte, wenn sie sich beim potentiellen Gegner bemerkbar machte. Daß sie aber andererseits bei seinen erprobten, treuen Gefolgsmännern, wie bereits gesagt, ohne Einschränkungen erhalten blieb, dafür sorgten Sonderverfügungen, die besonders den Nachwuchs, seine Hitlerjugend, in jeder Hinsicht begünstigte. Allerdings sollte diese von Hitler instituierte Doppelmoral als strengstes Staatsgeheimnis betrachtet und gehandhabt werden. Aber wegen der Vielzahl der Begünstigten und der Eingeweihten konnte es nicht ausbleiben, daß aus dem Staatsgeheimnis ein sehr offenes Geheimnis wurde, das man z. B. während des Zweiten Weltkrieges in Paris mit viel Esprit glossierte. In diesem Paris, wo die recht zahlreichen Invertierten sich geradezu um die Gunst der jungen und schönen SS-Männer stritten! In seinem bizarren Roman mit dem Titel »Pompes Funèbres« schildert der französische Romancier Jean Genet die mannmännlichen Liebesabenteuer deutscher SS-Männer mit hübschen Pariser Jungen in recht verfänglichen Situationen. Selbst Hitler (doch das hat sich der einfallsreiche Schriftsteller erdacht) wird auf seinen eigenen Wunsch hin von einem schönen französischen Jüngling irgendwo im Bette wie eine Frau behandelt.

Wie dem auch sei, Hitler hat es verstanden, die staatenbildende Naturkraft des mannmännlichen Eros in seinen Dienst zu spannen und sie für seine Zwecke voll auszunützen. Andererseits ist es ihm gelungen, diese selbe Kraft als Geisel zu gebrauchen, sie umzuwandeln in eine nervenzerrüttende Pein für seine Gegner, dadurch daß er sie in die Verdrängung zwang – mit allen Qualen, die eine aufgezwungene Verdrängung für den Betroffenen im Gefolge hat. Ein wahrhaft satanisches Schauspiel, das jedoch nur die Sachkenner wahrnehmen.

INHALT

Pierre Klossowski
Die aufgehobene Berufung
7

Andreas Pfersmann
Die Erstarrung des Freskos
105

Anhang

Bildteil
115

Hans Blüher
Die Gründung des 3. Reiches
129